历尽沧桑的人生
才是真人生

顾尘寰◎著

中国出版集团　现代出版社

图书在版编目（CIP）数据

历尽沧桑的人生才是真人生 / 顾尘寰著 . —— 北京：现代出版社，2019.1

ISBN 978-7-5143-6752-2

Ⅰ . ①历…　Ⅱ . ①顾…　Ⅲ . ①散文集—中国—当代　Ⅳ . ① I267

中国版本图书馆 CIP 数据核字（2018）第 000697 号

历尽沧桑的人生才是真人生

作　　者	顾尘寰
责任编辑	杨学庆
出版发行	现代出版社
通讯地址	北京市安定门外安华里 504 号
邮政编码	100011
电　　话	010-64267325　64245264（传真）
网　　址	www.1980xd.com
电子邮箱	xiandai@vip.sina.com
印　　刷	三河市燕春印务有限公司
开　　本	880mm×1230mm　1/32
印　　张	8
版　　次	2019 年 1 月第 1 版　2019 年 1 月第 1 次印刷
书　　号	ISBN 978-7-5143-6752-2
定　　价	39.80 元

目 录
Contents

第三章　生活平淡，心有繁花

第四章　邂逅爱情，分开旅行

第一章　四季轮替，生生不息

有间咖啡馆：浮生若世

前些日子和好友晓杰聊天，得知他赞助女朋友在太仓的万达广场开了一家蛋糕店，店名很有意思，叫作"娃娃同学"，据说是他女朋友取的。

我说这个名字听上去有些"二"，感觉好傻，为什么不换一个名字。

他说他也没办法，尽管觉得不好听，想换一个温暖一点的名字，但女朋友很执拗，一定要用这个名字。既然是她自己的店铺，那么店铺的名字也应该由她来决定，虽然他才是真正的赞助商。

从照片上看，好友的女朋友是一个看上去有点腼腆的姑娘，虽然我一直说，等有时间一定要去苏州太仓那边拜访他们，但一直都没有合适的机会，毕竟工作了，大家都不再是学生，没有那么多的时间去做自己想做的事情，所以这个拜访也是一拖再拖，一直到现在也没能成行。

听晓杰说，他女朋友虽然看上去温柔腼腆，但实际上却是个工作狂人，忙碌起来的拼命架势可一点也不比他这大老爷们儿差。他女朋友常常熬夜，甚至通宵在家烤蛋糕，而作为她男朋友也经常陪伴到深夜，没办法，谁让姑娘的手艺不错，做出来的蛋糕总是很快卖完。且订单多的时候，甚至连下个月的蛋糕都被预订完了。

姑娘的理想是当一位糕点师，开一家属于自己的蛋糕店，虽然一开始这并不是她的职业，不过现在她却是全职烤蛋糕，收入一点不比在公司上班少，只不过人更累一些，而且现在，她有了一家属于自己的蛋糕店，虽然不大，但布置得简约温暖，就像蛋糕一样，吃起来虽然有各种不同味道的甜，但吃到胃里却总让人觉得心里暖暖的。我想，这也是很多人喜欢吃甜食的原因吧，至少，我是这样的。

至于中间历经了多少辛酸苦楚，经历过多少次做得不满意再重做，又有多少次不小心伤到手，我想这些，也只有她自己知道吧。

如果有机会，我想要去那家"娃娃同学"蛋糕店吃一次蛋糕，因为我想知道会从那些蛋糕里，吃出怎样一种不同的味道。一位优秀的糕点师在情绪不同时，做出来的糕点味道，也一定是不一样的，即便手法一样，工序一样，所用的材料也一样，但愉快的时候应该是更甜一些，平淡的时候应该是清淡一些，难过时可能是甜中带苦，悲伤时也可能是苦中带甜……

当这些思绪都过去之后，脑海中忽然涌现出多年以前读书时的一些想法，那时的理想很简单，有点小资，也有点傻，就是早点完成学业，毕业之后能够在一个自己喜欢的城市，开一家自己喜欢的咖啡店，从装潢风格、店铺摆设，到店内售卖的糕点和咖啡都要是自己喜欢的才行。

有间咖啡店的想法，一直持续了很多年，直到近些年才开始归于沉寂，不再轻易想起。因为毕业工作之后才察觉，原来想开一家自己的店铺，并不是那么简单的事情，更何况这中间所需要的资金也不是一个小的数目。

也许这时候有人会说，如果一件事，你还没有去做，就表明你想要做这件事情的想法，还不够强烈。

前几年，有家叫作"很多人咖啡馆"的众筹咖啡馆很火热，在资金和时间不够充裕的情况下，那确实是一种实现理想的方式。不过这却是在你愿意同很多人一起分享理想的情况下，但这世间还生活着很多人，他们可能比较自私，不愿意将自己的理想同别人一起实现，比如说，我。

如果，那不是一间只属于我自己的店铺，我宁愿这个理想永远也不要实现，即便，成为空想也无所谓。

很喜欢邵夷贝的那首《致林先生》，她在歌里唱道："傻瓜才在年轻时候不做傻事，羡慕别人有故事。"就像之前微博上很火的一句话说的那样，"当我老了，我要做一个有故事的老人"！

可若是年轻的时候，什么想法也没有，什么也不去经历，哪里也不愿意去，什么傻事也不做，又怎么能在老了以后成为一个有故事的人？

有多少人曾梦想过，拥有一家属于自己的温暖小店。里面有自己所热爱的事物，或许是书，是绘画，是盆栽、花和明信片，是茶和点心，是咖啡和蛋糕，是生活杂货铺，抑或是这所有的一切。

但很多时候，现实世界的困难和挫折，欲望和诱惑，让我们在前进的道路上摇摆不定，现实教会我们成长，迫使我们成熟世故，所有人都在竭尽全力把我们塑造成"理想"的模样，不顾我们曾有过的挣扎、反抗和彷徨。

最后，我们走了很远的路。

但当某一天因为一些事情，回头看时，才忽然想起，曾经的某个时候，自己竟曾有过这样一个梦想。

好友和他女友一起开的蛋糕店，让我想起了自己设想已久的咖啡馆。

咖啡馆的名字都已经想好了，叫"浮生若世"：平生一顾，至此尘寰，盏茶浮生，恍然若世。

咖啡馆的装潢，想用日式和风，虽然西方式的装修方式可能更适合咖啡店，但个人还是偏爱日式和风的简约却不单调，其实原本中国风是一个很好的选择，但奈何中国风的装修太精细，而且复古式的店铺摆设价格也很高。

窗户上，想挂上一排风铃，风和日丽的日子里，就打开窗户，这样就会有悦耳的风铃声撒进来，虽然有一些轻乐队驻唱会是一个不错的选择，不过那真要等到能够开成这样的一间咖啡馆时才能决定，毕竟有可能也只是一家很小的店铺。

不过店里一定会有一项活动，就叫"我有酒，你有故事吗"，当店主在的时候，如果你有故事，那么我不介意用酒、咖啡或者蛋糕来交换你的故事。你无须告诉我你的名字，因为我想听的只是故事，当然如果故事很好，并且你也同意，那么我想替你写成文字，甚至做成有声电台。在网络这么发达的年代，通过网络的传递，或许你的故事，会有机会传递给那个你想说的人听。

尽管现在的我，没有足够的资本去开设这样一家咖啡馆，不过却在成为电台主播的梦想道路上走出了几步，有了自己的有声电台，电台的名字和我想开的这家咖啡馆一样，就叫"浮生若世"。

虽然我现在没有店铺，没有酒，没有咖啡和蛋糕，但我还是想把故事说给你们听，这里面会有许多陌生人的故事，也会有我自己的故事。

平顾一生，至此尘寰，虽然大多数时候我都在做着一些"傻事"，但人生过得真的很快，一辈子很快就会过完，好不容易万物丛生中磊落做人，又怎可辜负这仅有一次的一生一世。

"傻瓜才在年轻时候不做傻事，羡慕别人有故事。"其实邵夷贝的这首歌，可以改成任何你想要的歌名，就像是前些年宋冬野的那首《董小姐》，我们可以把《致林先生》，改成任何一个我们想要的名字，就像我，我想把这首歌唱给自己听，所以，是不是也可以叫作《致顾先生》。

现实不过就是一场漫长的告别

顾先生

没有一生一世 只有适可而止

顾先生

有很多事 不用解释

时间会让我懂事

傻瓜才在年轻时候不做傻事

羡慕别人有故事

那，你们呢？想改成什么？

我想，邵夷贝的这首歌虽然是唱给自己，唱给林先生，但也同样是唱给所有在听的人。

所以，在这样一个怀旧情怀满满的日子里，请让我先做一回傻瓜，高呼着那句被无数人说烂的话："梦想还是要有的，万一实现了呢？"

南　方

晚上下班从地铁站出来，外面又飘起了雨，撑着伞往回走的时候，再一次感觉今年的梅雨季节特别漫长，阴雨绵延，时晴时阴，这样已经持续了近一个月。

往年的梅雨最多下上半个多月也就渐渐停了，太阳会从大朵大朵的乌云后露出来，将明晃晃的阳光倾洒在这个让人觉得快要发霉的城市。但今年的太阳却迟迟不见踪影，就算偶尔会有阳光透过乌云的罅隙照射出来，也很快就会被绵延的阴雨遮盖。

撑着伞，看了一眼手机上的天气APP，接下来一个星期的天气标志，都是云朵夹杂着闪电，或是云朵倾洒着雨水，那个代表晴天的太阳标志依然不知道藏在哪里。

耳机里，彭坦深情唱着"我住在北方，难得这些天许多雨水，夜晚听见窗外的雨水，让我想起了南方"。

最近一直在听达达乐队的这首《南方》，感觉词曲里饱含了太多深情和想念。可能是因为我从出生到长大，再到现在工作，一直都没有离开过南方，所以很难理解，他们这群去北京追寻梦想和谋求生活的男孩子，对南方有着一种怎样的执着和思念。

虽然我也曾去过北京，去过沈阳，去过北方的很多地方，但旅行和生活毕竟是两码事，所以尽管我去过，却也无法感同身受。

南方，对于我来说，更多的是一个区域名词，是我脚下踩着的潮湿土地，还有头顶上空绵延不绝的阴雨。

彭坦和达达乐队唱着的《南方》，会是哪里呢？是任何一座空气潮湿，土地松软，充满着无数琐碎事的城市？还是某一个充斥着无数回忆，到处都是红和蓝的地方？

彭坦说，写这首歌是因为有天晚上，北京忽然下起了大雨，雨声特别大，那天他没关窗户，窗外潮湿的感觉扑面而来，那感觉就像是在武汉。

有人说，曾经武汉的小巷酒吧，音乐学院后巷子，曾经的街头古惑仔，曾经的故事，都因为这个当时他们认为土八路的乐队而改变。大家开始喜欢摇滚，喜欢玩音乐，喜欢喝啤酒。楚国人的缠绵和烟雨感，被达达乐队以摇滚的方式唱出来。

可惜，达达乐队就像很多其他的乐队一样很快就解散了，如同流星一般惊鸿一瞬，一切都只能交给时间去回味。

武汉，这座城市，是他们心里的南方城市，也是彭坦歌声里的南方。

听彭坦唱着他心里的那个南方，我想着若是有一天自己去北方工作和生活，心里想着和怀念着的会是哪座城市？南方地域广阔辽远，但总会有一座城市代表着我们各自心目中的南方。

我在江苏出生和长大，在上海工作和生活，旅行的时候去过南方的很多地方，走过武汉的长江大桥，喝过长沙盛夏时节的绿豆汤，淋过昆明的春雨，吃过成都的串串，被重庆的日光暴晒过。

也曾一路向北，一心往西，路过很多城市，穿越过无数山川河流，环游过大半个中国，最终还是如同倦鸟一般回到了上海。也曾想过将来去苏州或者成都定居，但直到今天依然未能成行。

如今我依旧生活在上海，这座我年少时无比渴望将来能安居和生活的地方，可当我真的如愿待在这座城市之后，想法却又不一样了。有时候，我们会感慨理想和现实总是有着巨大的差距，理想太过丰满，现实太过骨感。其实有些年少时的理想最终会实现，但当我们真的抵达之后，却发现原来这并不是我们想要的，未能实现的愿景成为新的理想，而曾经的理想成为了现在想要摆脱的现实。

但不论在这座城市过得如何，不管为什么曾经渴望到来，现在又渴望离开，若是有一天我去了北京或者北方的任何一座城市生活，那么我心里想着和怀念最多的城市，也一定是上海，因为它是我心里的南方。

虽然我并不是在这里出生长大，第一次恋爱也并不是在这里，可我真正脱离家庭和学校，一个人独立生活却是在这里。我每天沿着四通八达的地铁穿行在这座城市里，在这里做着一份不讨厌却也不喜欢的工作，迎送太阳每天的朝升夕落，等候着每一年夏天如约而至的季风和冬季偶尔飘落的雪花。我在这里恋爱，也在这里失恋。

除了旅行，我毕业之后的大多数回忆都与这座城市相关联，不管是平静、喜悦、失落还是悲伤都在这里。习惯，有时候是一件很有意思却又很难改变的事情，习惯了一个人在这座城市生活，习惯了它的交通和生活便捷，习惯了人们的行色匆匆和淡漠的疏离，习惯了不管是在便利店、超市还是医院都要排队，也习惯了它匪夷所思的房价，尽管我从未考虑过将来要在这里买一套房子，虽然我根本买不起。

其实南方可以有很多符号来代表，可以是秦淮河的乌篷船，可以是西湖上的画舫，也可以是很多其他的东西，不一定非要是苏州河上的马达声或是黄浦江上的夜游船。

虽然上海在我心目中代表着南方，但这座城市我依然有很多地方没有去过，我还是只熟悉外滩、田子坊、城隍庙之类游客常去的地方。

有时候熟悉一座城市，并不一定是要熟知它的每一条街道和马路，也不一定要了解它的历史和文化。适应它的节奏，熟悉它的四季变迁和气候变化也是一样，就像每年都如约而至的季风和雨水一般。

窗外的雨水淅淅沥沥，梅雨依然不知道什么时候才会停，南方的夏季总是伴随着雨水。

耳机里彭坦唱着"那里总是很潮湿，那里总是很松软，那里总是很多琐碎事，那里总是红和蓝"。

夏天就像每年都要赶一趟的远路

回忆里，陪伴我度过漫长苦夏的宝物，除了蒲扇、西瓜，剩下的便是那些遍布乡野，闪闪发亮的童年。

——题记

最近这段时间，上海的气温一直高居39度，不肯降下来，就好似在炎热夏日里患上了热感冒，体温一度飙升到39度，迟迟不肯退去。

这是在上海的第四个夏季，印象当中的夏日上海，一直都并不算太热，因为不论走到哪里都会有空调，不管是在公司，家里，地铁上，还是在出租车上，冷气几乎都是一直开着的。何况，作为一个海滨城市，上海会有季风吹过，湿润的季风往往会带来充沛的雨水，浇熄夏日的炎热。

但今年却有些反常，大雨和高温接踵而至，随身带着的伞不是用来遮雨，就是用来遮阳。即便到处都开着冷气，却依然无法驱散盛夏的炎热，从地铁站到公司的这段路，成了每天最难熬的路途，黑色的柏油路和亮白的水泥路在吸收了大量的阳光后，拼命向外散发着热量，路上的行人像是直立行走的人形冰棍，在阳光的炙烤下不断融化着，每走一步路都汗如雨下。

我想，在这样的炎炎夏日里，每天最开心的时刻，应该是下班之后，在家开着空调，从冰箱里捧出切好的西瓜，用勺子挖着吃，凉爽的感觉从口腔流淌到胃里，然后蔓延到全身。

有时一边吃着冰西瓜，一边发着呆，就会不知不觉地跌进回忆里……

记忆里，年少时度过的夏天，总觉得没有现在这般炎热，那时候还没有那么多空调，没有那么多汽车。那时候自然也没那么多专家，也没有专家口中的厄尔尼诺现象。那时候的西瓜就是西瓜，没有8424之类区分。

还有，直到现在我依然觉得，尽管那时的西瓜没有现在的大，但要比现在的甜。

一

我出生在江苏盐城的一个小县城，18岁之前，我一直都没有离开过自己的家乡，不知道那时北京之类的大城市如何，记忆中，只有家乡这个很普通的小镇。

小时候，我家的房子是红砖砌成的两层瓦房，房门是那种很多块细长木板组成的"移动"门，每天早晚开关门的时候，要把木板一块一块地拆下来或嵌上去，弄起来非常不方便。至于铁门、防盗门和卷帘门之类，是到我上小学五六年级时，才逐渐出现的事物。

那时，我家的屋子地势要比门外的泥土路稍微低上一些，所以每逢夏日暴雨的时候，路面上肆意横流的雨水都会往家里倒灌，一点点汇聚在门前的洼地里，等到洼地里的水蓄满之后，便会开始往屋子里蔓延。每逢这种时候，我都会提着一个小水桶，里面放着一把水舀，把门前洼地里的水舀到水桶里，然后爷爷会撑着伞，拎着装满水的水桶去马路对面的小河边倒掉。

一开始，舀水这事儿都是我妈或者我奶奶在做，不过在我觉得很好玩之后，这项每逢夏日暴雨的"舀水行动"便成了我的工作。其实家里人都知道，我不过是打着清理积水的幌子在玩水而已。那时候农村里还是用水缸，自来水是后来才通的。为了不让我折腾家里水缸里吃饭的水，他们对于我"玩"这种"污水"的行为也只好睁一只眼闭一只眼了，哪怕每次整完之后，我的衣服和裤子上都溅满了泥点子。

这项"舀水行动"一直持续到我十岁那年，后来我家原来的房子拆了，新盖了一幢三层的小楼，门口的路也重新修缮过，铺上了柏油路。自那之后的夏日暴雨，我再没有机会像往年一样舀门前的积水。

二

我是家里的独生子，所以，小时候家里人是严令禁止我去河边的，他们说河里有"河落鬼"（水鬼），我要是敢跑到河边去玩，就会被水鬼拖到水里当成替身淹死。那时邻里乡间经常传开消息，镇上哪个大队的哪户人家的谁谁谁，在钓鱼的时候掉进河里淹死了之类的事情。

虽然现在有时假期回家，我爸会喊着我一起去河边钓鱼，但这事要是搁在十五年前，我敢往河边多跑一步，我爸非打断我的腿不可。

　　不过严令禁止这事儿和逆反心理真的是天生一对，可能也是那时候太小，越是家里人不让你做的事情，你反而越想尝试。好奇心这东西，就像是猫爪子在挠，总让人觉得心痒痒。

　　小时候，我并不喜欢钓鱼，但却喜欢钓龙虾，所以每次周围邻居家的小孩儿去钓龙虾，我都很想加入，一起拎着小水桶，扛着竹竿去水边。那时候的小龙虾泛滥成灾，甚至连水稻田里都爬满了龙虾，有时夏日暴雨冲刷，河水涨高，就会有龙虾爬到路上或者爬到别人家里去。雨天在外面走路，要是不注意，听到脚下"咔嚓"一声，抬起脚时，就会发现有一只龙虾被你踩爆了，这是常有的事儿。而且那时龙虾几乎是没什么人吃的，菜场里偶尔有贩卖龙虾的，也多半是两三毛钱一斤，还很难卖出去，哪像现在，一斤龙虾都要二三十块，一些小龙虾店里的油爆手抓龙虾，甚至卖出一斤一百多元的高价。

　　夏日里，去水边钓龙虾是一件很惬意的事，一帮小伙伴戴着草帽，拎着水桶，顶着不那么炎热的阳光，在水边摆开一排竿子，就可以等待贪吃的龙虾上钩了，基本上每过几分钟拎起一根竿子，就能钓上一"夹"龙虾，有时一竿上来甚至能钓上两三"夹"，不到一个小时，就能装满大半桶。

一般来说，在很大很深的河里，其实是比较难钓到龙虾的，但在一些比较小的水沟或者水塘里，却会比较容易钓到。那时会钓龙虾，并且知道哪些水沟里能钓到许多龙虾的小孩，在一大帮孩子里是最受欢迎的，被很多小孩儿簇拥着，颇有种孩子王的架势。

钓龙虾虽然是一件很开心的事儿，但装钓饵却是挺恶心的。通常来说，钓鱼是用潮湿泥土里挖出来的红蚯蚓，钓龙虾是用比较潮湿比较脏的泥土里挖出来的灰蚯蚓。灰蚯蚓要比红蚯蚓肥大很多，而且也要腥臭许多，抓上去黏黏的、滑滑的，非常恶心。

好在钓龙虾不需要鱼钩，只需要一根很随便的竹竿，还有一根不容易断的棉线就可以了，扣饵这种事一般都是男孩子干，当然也不排除有些比较彪悍的女孩子，她们摆弄起蚯蚓来，眉毛都不皱一下。我就有个叫刘霞的邻居，那时她是个很纤细瘦小的女孩子，但是她扣饵和钓龙虾的时候却彪悍得一塌糊涂，哪怕是不同阵营的几帮孩子之间争钓龙虾的地盘，她都是冲在前面，把我们一帮人护在身后的。现在想来，有时也觉得挺让人脸红的，一帮小男生，被人家一小姑娘护着，多丢人啊。不过，那时的我们都还不知道"丢人"这个词儿呢。

小时候我去水边的次数屈指可数，满打满算也不超过五次，而且每次去，都是钓龙虾，那时我还真没钓过鱼，第一次钓鱼已经是二十岁之后的事了。

距离我家两三里之外的地方，有一片很广阔的田野，爷爷奶奶他们那辈人管那里叫"大肥"，所以即便到了我们这代人，也依然这么叫，在我们方言里的意思是肥沃的土地。大肥是我们镇上水稻田最多的地方，因此小沟小塘也很多，夏日里很容易钓到龙虾，是我们活动最多的场所。

我在大肥钓过三次龙虾，有两次都被我妈抓到了。有一次是因为我放学后没有先回家，直接跑去跟小伙伴们钓龙虾了，后来我妈见我一直没回家，急坏了，于是全家出动去找我。结果她找到我的时候，我正背着书包站在岸边看小伙伴们大丰收。她冲上来揪着我的耳朵，把我拽回家。

还有一次是放暑假期间，我假借去同学家的名义，偷偷跑去跟小伙伴们钓龙虾，那天其实特开心，因为钓了满满的两桶龙虾。不过因为玩得太开心了，就没注意时间，到了傍晚还没回家吃饭，这次我妈有经验了，直接"杀到"大肥来找我。而且这次运气不好，我妈来的时候刚好看到我提着钓竿站在水边，她冲过来一把折断我的竿子，把我拽回家，搞得小伙伴们都吓到了。

那次回家挺惨的，被老妈拿尺子打掌心，一边打一边骂，让你跑到河边去钓龙虾，你要是掉到水里淹死了怎么办？与其被淹死，还不如打死你算了。老妈打完，老爸就揪着我头发，让我在墙角跪了一个多小时。那时候家里是砖地，凹凸不平，跪得我膝盖上坑坑洼洼的，青一块紫一块，后来几乎都站不起来。

那一次哭得很惨，之后嗓子哑了很久。

后来，学业开始变得越来越繁忙，爸妈开始因为生意太忙没时间照顾我，于是假期把我送到老师家里补课，闲暇时间被填满，几乎没什么时间和小伙伴们一起玩耍。

再后来，因为我学习成绩不好，家里又太忙，爸妈把我送到了私立民办学校住校学习，再没有时间钓龙虾。加上那时吃龙虾的人逐渐开始多起来，原本有些泛滥成灾的小龙虾，短短几年内被吃得几乎绝迹，菜场上龙虾的价格翻了一番又一番，想再像儿时那样，靠着几根竿子就能钓到许多龙虾这样的事情，已经几乎不太可能了。

自那之后，我再也没有去水边钓过龙虾。

三

大暑，夏蝉鸣泣，也到了每年夏天最热的时候。

这个时节的夏蝉，鸣叫得特别响亮，感觉它们像是要把所有的生命力，都注入那一声声嘹亮的鸣叫声里一样。它们从清晨一直鸣叫到黄昏，乃至晚上，夏日傍晚的蝉鸣和蛙叫，陪伴我度过了很多个夏日，那是我童年记忆里最清晰的乐章。

那时乡下并没有什么娱乐活动，绝大多数人家没有电视，自然也不可能会有电脑、手机、iPad 之类的数码产品，镇上谁家要是有一台熊猫牌的黑白小电视，在当时，那就真的是富裕人家了。所以夏日里，每到傍晚的时候一家子人就会搬着桌椅到门口纳凉吃饭，饭后把白天就沉在水缸里的西瓜捞出来切开，吃掉。冰了大半天的西瓜到了这时温度刚刚好，瓜瓢吃在嘴里不热，感觉凉丝丝的。

每到傍晚在门口吃晚饭吃西瓜的时候，奶奶总是会拿着小凳子挨着我坐下，一边笑眯眯地看着我大口大口地啃西瓜，吃得满脸都是西瓜汁；一边拿着蒲扇给我扇风，驱赶那些蚊虫。爷爷奶奶没什么文化，所以根本谈不上给我讲故事，诸如《格林童话》《安徒生童话》《一千零一夜》之类的故事，他们是根本不知道的。爸爸妈妈又一直忙于裁缝生意，几乎每天都要忙到凌晨，自然也没有太多的时间陪我。

不过爷爷总是会在我吃西瓜的间隙，跑到屋子附近的草丛里给我抓蚱蜢和蛐蛐之类的小昆虫。等我吃完西瓜，爷爷就会变着戏法似的，给我掏出这些小昆虫，它们是年幼时陪伴我度过许多夏夜的"玩伴"，虽然最终的结果往往都是养不了几天就死掉了。

那时的生活有些艰难，自然不会有人像现在一样去研究怎样饲养昆虫，往往抓回来都是罩在淘米的篓子里或者干脆装在一个小盒子里，即便在里面放了菜叶之类的，小昆虫也都活不了几天。

虽然那时候家里没有电视，但每年夏天晚上，村委会的人都会组织公开放映好几场电影，周围的居民都可以免费去观赏。

电影放映会选在门前场地最宽阔的那户人家，因为除了要架设相关设备，还需要预留出足够的场地，给那些自带小凳子的居民。那会儿每次知晓村上要放电影的那天晚上，家里人就会早早吃完饭，收拾完桌椅碗筷后，爷爷或者奶奶会带着我，拿着小凳子去村上放映电影的那户人家门前，等待着电影开始。

电影的投幕，是一块巨大的白色幕布，由两根粗粗的杆子架起来，悬吊到足够的高度，这样才能让所有人都看到。至于那块投幕究竟有多大，我是不清楚的，反正在当时年幼的我看来，非常巨大，感觉能遮盖掉远处的屋子。至于电影放映机，倒是和现在使用的没有什么太大的不同，当然其中的改进和变化，我却是不知道的。

每当电影放映时，场地上一般都聚满了人，多半是周围的居民带着自家的小孩一起过来看电影，打发晚上的时间。印象中，放映的电影都是黑白片，而且大多都是抗日题材的红色电影，虽然跟现在的电影娱乐相比简直是天壤之别，但在当时的我们看来，这就是最好的娱乐了。

后来，没过几年，村上的每户人家里都逐渐有了黑白电视机，有了吊扇。每年夏日，在门外纳凉吃饭的人渐渐少了，去看村上公映电影的人也渐渐少了。

再后来，家家户户的黑白电视机逐渐被彩色电视所取代，有了精致的小型摇头电扇，有了CD放映机，甚至有些比较富裕的人家里有了空调。自那之后的夏日，几乎再也没有见过在门外赤膊纳凉吃饭的人，村上的公映电影也销声匿迹，再也没有放映过。

好像也是从那个时候开始，渐渐觉得夏天变得越来越热了⋯⋯

我们有了更好的生活条件，有了电冰箱和空调，冰箱里整个夏日都被雪糕、饮料和西瓜塞满，室内的温度几乎不会超过27度。有了更好的娱乐方式，有了手机、电脑和iPad，各式各样丰富的动漫、电影、手游、小说，等等，我们拥有这么多，但有时却会觉得，记忆里的夏日要比现在凉爽和快乐得多。

可能是那时的厄尔尼诺现象还没有现在这么严重，可能是那时的空调和汽车还没有现在这么多，二氧化碳的排放量要少很多，也可能是那时的西瓜应季而生，没有在大棚中培育，也没有用过催熟剂，可能⋯⋯

我正想着发呆，家里的猫忽然蹦上桌子，嗅了嗅我吃了一大半的西瓜，这大馋猫，只要是看到吃的，就凑过来。待我把它赶下桌子，却是没有再想过去的事情，回忆这种事，偶尔想起就好，太深究了，反而不容易快乐。

　　夏天就像是每年都要赶一趟的远路，不管是再炎热也好，再漫长也罢，总是要走过去的。不论我们现在是在办公室里办公，在课堂上讲课，还是在艳阳下跑业务、搞活动，被这盛夏炎热侵袭得汗流浃背，口干舌燥，也总是要随着日升月落度过这个季节。

　　四季轮回，季节变迁，每逢夏日的远路上，能就着回忆吃下一大口冰镇西瓜，那也是不可多得的念想。

秋风起时，这一年所剩无几

在上海，生活了近五年，一直都觉得这座城市不够四季分明，每一年都好似只有夏、冬两个季节，没有春寒料峭，没有秋意渐浓，脱下夏装时，差不多就得穿上冬衣，而收起冬衣，换上的几乎就是短袖衬衫。

所以，我总是意识不到秋天已然来临。

有人说："观一叶落而知秋。"但在上海，却很少能看到秋风扫落叶的景象，即便是在栽种满树木的大道上，也很少能看到落叶枯黄，树上的叶子好似永远都是绿的，明明并不是常青树，但每当你驻足而立时，看到的却总是一抹绿，哪怕，并不鲜活。

这城市里的"美容师"太多，每天清晨，在我们还没起床时，他们就已经开始劳作，所以当我们穿行在马路上时，看到的总是整洁如新。面对如此辛劳的人，我又如何能怪他们将城市清扫得太干净，让人意识不到秋季来临？

前段时间，每年一度的国庆长假来临，我才恍然意识到秋风已起，伴随着"寒露"而至，才知已到深秋，而我还穿着短袖，外套却是怎么也穿不上身，总觉得穿上有些热。一点儿都不像是记忆里许久之前的寒秋，不知是自己长大了，不再像年幼时受不得寒，还是因为近些年全球变暖。

随着年岁跨过了25岁这道界限，各种"应酬"渐渐多了起来。虽然我很不喜欢这种"人情往来"的方式，但却也总磨不开一些情面。有些事，却总还是得到场，哪怕，朋友们其实忙得并没有太多时间和你交谈。

国庆长假，去南通海安参加了一场婚礼，新郎是我的大学同窗，感觉他看上去并没有什么太大的变化，依然还是四年前毕业时的样子，看上去像个长不大的大男生。可那个我觉得长不大的男生，却西装革履，在舞台上意气风发地迎娶他的新娘。

当他单膝跪地宣告誓约，亲手为他的新娘戴上戒指，并亲吻她的时候，我瞬间有种他从一个男孩蜕变成一个男人的错觉。但错觉终究还是错觉，誓言和责任，的确是让人变得越发成熟的优良催化剂，但一个男孩究竟要走多少路，受多少磨难，流几次泪才能最终走向成熟，我想，只有经历过的人才能知道。

想起几个月前，他还跟我抱怨新娘多么任性，多么不懂事，多烦人，甚至下过决心要分手。看着眼前，他说是因为父母逼迫才成就的婚姻，哪怕台下的我鼓掌鼓得再起劲，心里却也开心不起来。平凡的幸福和快乐，并不是一个能够轻易实现的愿望，"相伴一生，白头偕老"也不是一句容易实现的承诺。身为朋友，我只希望已经做出决定的他，能够且行且珍惜。

算上这场婚礼，国庆以来的半个月，我总共参加了三场婚礼。另外两场，一场是大学室友成婚，一场是发小迎娶。

看着他们能够迎娶自己的心上人，组建家庭，为人夫为人父，为他们感到开心的同时，我心里也是唏嘘不已。原来，我们已经不知不觉地走到了这个年岁，"成家立业，生儿育女"成为人生计划中最为"迫切"需要完成的事情。

本来我觉得二十几岁的自己还很年轻，还有不少时间可以去做自己想做的事，但岁月却像是无情的巴掌，掴在脸上，火辣辣的生疼。

想到1994年生的人都已经毕业踏上社会，想到1990年生的人已经过了晚婚晚育的年纪，再想到之前微博上流行的那段对"青年人"的定义——联合国相关机构发布声明，只有年龄在18到24周岁的人，才能称为"青年人"。

这些消息像是一记直拳，打在腹部，让人疼得直不起腰板来。

明明还是二十几岁的大好年华，却让人有种自己已经有面临"中年危机"的挫败感。人生的旅程才走到1/4，却像是已经走完了3/4那样，所有的梦想和希望都只能寄托在下一代身上。几乎很难再有人鼓励你去追求自己的人生和梦想，父母亲人清一色地盼着你为家里开枝散叶，延续香火。那种感觉，就像是现在，忽然觉得，秋风起时，这一年所剩无几……

不知有多少人做过"人生清单"这样的计划，这张清单上清晰地列着你这一生想要完成的事情，在把所有想要完成的愿望一一添加叙写完毕之后，每完成一样，就画去一样，如果能完成这张清单上列出的所有事情，我想，此生此世，该不会留下太多遗憾才对。

虽不求圆满，但总求完满，毕竟总也没有十全十美的人生。

"人生清单"这事儿，说白了，其实就是人生的加减法，年轻的时候添加了很多东西，之后一样样地去实现去完成，甚至去舍弃。

听着简单，做着艰难。想来好笑，我们几乎绝大多数人都会做工作计划，年初时写"年初计划"，年终时做"年终总结"。虽然也有不少人在年初时，会为自己这一年想做的事情，列一个计划表，但却少有人为自己的人生做一份计划。

大多数人，其实都没有自己的"人生清单"。一些人是年轻时没有意识到，待到察觉，人生已然过去大半，虽然醒悟，但留下莫大遗憾。一些人是早早地定下了自己的理想，但是却永远停留在口头上，到头来几乎一样都没能实现。还有些人，属于少数，他们没有自己的"人生清单"，从父母长辈手中接过那张未能完成的清单，慢条斯理地去求索，实现了不欢愉，错失了也不懊恼，究其一生都是在为着别人的愿望而努力。

前两年，网上悄然兴起一股"年初计划"的潮流，在年初时定下这一年想要完成的目标，年末时校验自己完成了多少，以此来敦促自己努力进取，并从中有所收获。

不少人会在这张计划上写上 "看一场演唱会" "来一场说走就走的旅行" "一年看50本书" "写一本小说" "减肥20斤" "到年末时薪水增加一千或翻上一番" "在工作的城市贷款买一套房" 甚至 "今年年底结婚" 等，诸如此类的计划。

但往往都是 "雷声大雨点小"，到年末时，一整张列表上写着的十几、二十几个计划，到最后，能实现两三个就已经算是不错的了。年初时雄心壮志，年末时垂头丧气。计划这种东西，不是做了，就能实现。更何况，不少人还被懒癌和拖延症所累。

那时，我也是一个年初时计划满满，年末时一事无成的人。除了工作还能处理好，生活和理想，简直是一团糟。家里堆满了零食，除了上班，业余时间不是看小说，就是刷美剧，刷动漫。周末多半也是赖在床上，即便心里想着还有什么事情要做，但最终都被懒癌和拖延症打败，之后还归咎于床和被子这 "两个小贱人" 身上。

那时的我，没有自己的 "人生清单"，没有终其一生都想要实现的愿望，只是想着不要接受父母的安排，享受一个人在外工作和生活的自由。虽然有着一些想法，但最终都未能实现。

后来，经历了辞职旅行、生死离别，遇见过一些人，失去过一些人，读过一些书，行过万里路，见识过天地广阔。感慨唏嘘过后，开始有了自己的"人生清单"，虽然加法总是做得比减法要多，但也总好像以前一样没有人生方向。

现在，我依然被懒癌和拖延症困扰。就像年初时，我想着今年一定要写一本随笔，不管最终能不能出版，都要完成。记忆会随着时间淡去，情感也会随着年岁而变，而我想写的那些，不过是此时此刻此情此景。结果，直到现在，才堪堪写完五万字而已。距离一本书的十几万、二十万字，还很遥远。

虽然如此，实现的事情也是有的。例如，拿到目前较为理想的薪资，还有就是年初时，计划着今年要学习的潜水。9月份休年假，我去了菲律宾，在薄荷岛邦劳，完成了休闲潜水的课程，取得了初级潜水员（Open Water）和进阶潜水员（Advanced Open Water）的执照，第一次领略了海底世界的魅力，海洋的壮美和海洋生物的美丽，让人不得不感叹造物主的神奇，潜水为我打开了一扇新世界的大门，那种近距离接触远比各类宣传片中看到的要震撼人心。

这两年，在生活和理想上，我已经不再做"年初计划"，也不再做"年终总结"。于我而言，觉得这样的计划和总结，其实没有任何意义。当然，这并不是说做计划和总结没必要或没意义，毕竟，每个人都是不一样的。我一直觉得自己是那种有点随性的人，年初时给自己定下一大堆目标，看着都眼晕，虽然刚开始时怀着满腔热情，但过不了十天半个月，却连看也不想看了，到最后肯定是做不成几件的。因为"太贪心"，因为不知所谓的事情有点多，因为有些事情并不是努力了，就能得到自己想要的结果，所以这样的计划不但不会让自己觉得有压力、有动力，反而容易让自己提不起干劲，然后无限制地拖延下去。

当然，有不少人却是能够在这样的模式下，爆发无穷潜力，奋力拼搏，朝着自己定下的一个又一个目标前进，哪怕失败了也不气馁，最终成为一个"成功"的斜杠青年，"嫁给高富帅""迎娶白富美"这样的例子也有。

说到底，"人生清单""年初计划"这种事儿，其实是很私人的事情，别人的展示和建议并没有想象中那么重要。就如同买鞋一样，买到的鞋子你喜不喜欢，穿在脚上合不合脚，只有穿鞋的人自己知道。任由推销的人说得天花乱坠，你穿在脚上磨破了皮，崴了脚，受苦受难的终究还是你自己。

若是你觉得每年设立的"年初计划"，可以让自己更高效地完成一个又一个目标，让自己逐渐成为自己想要成为的样子，不断地逼迫自己的潜力，让自己更加优秀，那就每年都去做计划，有一个努力的方向，才是最重要的。

若是你觉得，像"人生清单"这样，随性一点，可以随着自己的阅历和喜好的变化，进行添加和删减，且不强求自己的方式更合适，那就去追寻自己的理想，制订自己的清单，并贯彻终生。

不管选择哪种方式，只有自己喜欢的，才能贯彻执行。"年初计划"可以功利一些，这样更容易获得成就感，激励自己越来越好。但"人生清单"却还是要遵循着自己的本心走，这样会比较容易快乐。没有做计划的这两年，我过得简单却又快乐。没有罗列一大堆密密麻麻的计划目标，就觉得整个人都很轻松，不需要刻意去实现什么。不过，在这样的情况下，我的"人生清单"上，却是添加并完成了一些事情。

譬如，学游泳。小时候家里父母管教太严，而且出于安全考虑，根本不同意我到水边，所以一直以来自己都是"旱鸭子"。不过现在，我却是已经能像模像样地用蛙泳和自由泳游上四五十米了。

比如，学潜水，领略海底世界的风景。虽然现在经验尚浅，但我已经是一名合格的AOW潜水员了，可以进行三十米深度的深潜。

再例如，做一名电台主播。有段时间疯狂迷恋有声电台，觉得通过声音来传递情感和温度，简直是太酷了，所以心里也有了一个主播梦。而现在，我经营着一个自己的个人电台，不知不觉已经做了一百多期节目，收听量总计也有了三百万。

这些事情，并没有刻意去做，只是因为喜欢，所以不知不觉就去学了，然后逐渐成了自己生活的一部分。

尽管实现了一些事情，但没能实现的还有很多，像环游世界，写一本书和自己的爱人去东京赏樱，等等。虽然有些事情，我恨不得现在就能实现，但人生还有很长，还有很多个一年，我可以一样一样去实现。若是我的人生清单很快就完成了，那接下来的岁月，不是显得有些无趣了吗？

秋风起时，这一年已经所剩无几，翻阅年初写的日记和计划，当时你许下的诺言和定下的计划，兑现了吗？

如果兑现了，那自然最好不过。如果没兑现，也没关系，今年还有一些日子，或许能在这段日子里收获，就像我预备在这段时间写完随笔集一样。如果，最终依然未能兑现，也没关系，只要一直在做着，没有被懒癌和拖延症囚困，没有选择放弃，待到来年秋风起时，也总能完成。

下雨了就别走，说说你枯萎的生活

一

最近一段时间，冷空气来袭，全国各地都开始了入冬以来新一轮的大幅度降温，北方一些地区飘起了雪花，而南方则开始下起绵延的冷雨。

前天是二十四节气中的"小雪"，这天，北京雪花纷飞，满城银装素裹，微博上到处能看到，在北京生活的人们晒着那里的雪景。如果不是因为周一，故宫博物院闭馆，我想肯定有很多人会在第一时间就跑去那里拍摄。毕竟，落雪的紫禁城，看上去真的是挺美的。

不知从何时起，冬季在上海，看生活在北方的人们晒雪景，渐渐成了一种习惯。近些年来，上海越来越少下雪，即使偶尔飘雪，也是夹杂着雨水，很难在地上落成皑皑的一片。印象里的大雪，除了2008年的"雪灾"，多半都是童年时候。因为很少看到，所以才觉得稀罕吧，因为稀罕，所以每年都会在这个季节里，等着那些优秀的摄影师，带来此处没有却呈现在他们眼中和镜头下的皑皑白雪。

记得去年，一个在无锡工作的朋友，喊我年底一起去漠河的北极村看雪。既然生活在南方看不到大雪，那就跑到中国的最北边去看，虽然那时我挺想去的，不过因为临近年底，工作上烦琐的事情太多，自然也审请不到假期，所以最终只能留在上海。后来，看照片上朋友站在漠河的大雪里，心里有种说不出的羡慕。

今早，在淮安和南京的朋友，都发来照片，告诉我说，他们那里下雪了。我知道，他们只是上班路上的随手一拍，但是发来给我看，不是纯粹地让人羡慕忌妒恨吗？要知道，上海这里，依然只飘着冷雨，一丝下雪的迹象都没有。

上海的冬季，少雪而多雨，感觉上，大半个冬天都是在阴雨里度过的。虽然雨下得并不大，但却总是绵延不绝，一下就是一整个星期，有时也会出现衣服洗了干不了的情况，有点像是冬季版的"梅雨天"，唯一的区别在于，这个季节的衣服就算干不了，也不会有霉味。

下雨天，整个生活方式好像都会因此而变化，不知有多少人跟我一样，雨天时，不想起床，不想工作，什么都不想做，甚至连平日里的那些兴趣爱好也都不想去碰，只想蜷缩在被窝里，拉着"床"和"被子"这两个小情人，一直躺到天荒地老。

这种萎靡不振的状态在冬雨时，尤其明显，生活原本像是春季里肆意绽放的花儿，可在冬季的冷雨寒风里，瞬间就枯萎了。

早晨被闹钟叫醒，发现家里的猫咪钻进了被窝，蜷缩在我大腿旁边，柔软而细密的毛发，蹭在身上，感觉痒痒的，随着我掀开被子起床洗漱，开始一天的工作和生活，猫咪也只能很无奈地从被窝里出来，同我一起忍受这潮湿又阴冷的雨天。

觉得在畏惧严寒这一点上，猫咪和人挺像的，都喜欢窝在一个温暖的角落里，眯着眼睛，什么也不做。当它觉得温暖和舒服的时候，就会发出"咕噜咕噜"的声响，听上去像是在唱歌。

想起早些年旅行团乐队唱过的一首歌，歌词里写道：

"嘿，下雨了就别走，坐下吧，喝杯酒，说说你枯萎的生活……"

不知他们在写这首歌的时候，生活会不会像是冬雨里的我和猫一样，在一个温暖的地方舒适着，萎靡着，枯萎着，很少想到其他事情。

流浪，梦想，诗和远方，此刻都让人感觉太过遥远，在这个季节这样的雨天里，远不及一杯温着的酒和一个温暖的被窝，让人感觉来得真实。

二

嗯，喝完这杯温着的酒，就来说说，我"枯萎"的生活吧。

这年头，各类励志文学和成功学大行其道，鸡汤、鱼汤、骨头汤处处熬，不管是在哪一家图书网络平台，都能看到相关的细致分类，大肆宣扬着所谓的"正能量"。诚然，这类正能量，在某一个特殊时段，能够让读者获益良多，帮助他们走出困境，甚至在接下来的一小段生活道路上，给予他们指引。

但，生活里，并不是只有"正能量"，还有被很多人称之为"负能量"的负面情感，以及介于这两类情感之间，大片大片的平淡。太多人叫嚣着，诸如"你根本就没有拼过""努力了并不一定能获得成功，但不努力肯定不能成功"之类的宣言，大无畏地向着一个莫名其妙的"目标"前进着，中间大多数人会在中途败下阵来，最终只有极少数人抵达了那所谓终点，可当他们抵达之后，才发现那根本不是他们想要的。他们只是顺着舆论的导向在前进，被煽动着，不停地打着鸡血前行，到最后抵达的，却只是目视的繁华，以及内心的虚无。

其实，一开始我们就得明白，方向比努力更重要。如果，你都不知道自己想要往哪里走，只是一个劲儿地拼命朝前冲，到头来只不过是越走越远罢了。

当然，方向这东西，很多人一开始时是没有的。毕竟，阅历决定眼界，视界决定世界，就像是韩寒导演的那部《后会无期》里说的那样，"连世界都没有观过，哪儿来的世界观"？虽然我个人并不太喜欢韩寒，但就冲这句话，也得给他点赞。

二十岁左右的年纪里，迷茫，是一种常态，不知道自己想要什么，不明白自己想去往哪里，也不清楚自己究竟想要成为什么样的人。所以，这时我们会下意识地跟着大多数人走，因为一直以来我们所受的教育，就是教导我们不要去成为那少数的"异类"，跟着大部队一起走，肯定是对的。尽管所谓的真理往往掌握在少数人手里。

想来，前些年，我也是那迷茫大军中的一员，打着鸡血前行，跟着一群同样打着鸡血的"大军"到处冲锋陷阵。起初，成就感是有过不少，那段时间里还自鸣得意过，不过到后来，激情和鸡血退却后，剩下的，只有内心的空洞虚无。

旅行文学刚掀起苗头的那段时间，我就一个人长途旅行过，说走就走的辞职旅行，我也做过。虽然那时心底里，是真的很想去追逐远方，但现在想来，也不得不承认，那时的自己的确受到了"煽动"。就算已经有了准备远行的勇气，和放弃已经得到事物的决心，但若是没有一个推动，我想，那时自己依然很难踏出那第一步。毕竟，让一个从小到大都从未出过远门的年轻人，去长途旅行，让一个已经在工作中奋斗了一年多的年轻人，放弃好不容易得到的一切，并不是一件容易的事情，哪怕这是他自己做出的选择。

不过，好在后来发现，得到的远比失去的更珍贵些，所以，也不枉当时热血上脑一把。

旅行归来之后，还得继续生活，总不能让一个二十岁出头的人在家躺着啃老，吃穿住用行都靠家人，让父母养自己一辈子吧？

刚回来那段日子，我非常焦虑，夜里经常失眠，因为找不到一份合适的工作。

旅行，是需要成本的，说走就走，也是需要付出代价的，其中付出最大的成本和代价，不是金钱，而是时间。

在国内，并没有间隔年这样的习俗和说法，尽管我们当中不少人曾以"间隔年"为理由，说服过自己，说服过家人，并旅行许久。但在国内的职场上，HR和面试官，并不会完全认同这样的理念和由头，他们只会认为你"不务正业"，或者说你是一个"玩心"太重的员工，这样的员工并不是他们想要的，也不想把时间花在培养一个随时可以"说走就走"的人身上，这不符合企业的利益。虽然，旅游类公司对此的认同可能会高一些，有过旅游和旅行经历的员工，相比可能更加符合公司的职位要求，但，这并不是绝对的。

那段时间，我面试了超过十家公司，有做快消品的，有做外贸的，也有做金融服务的，但是，无一例外地被拒绝，其中有不少公司，已经通过了一面、二面，但在第三次面试时，依然被刷了下来。虽然我觉得能力不足占据了一方面，但更多的原因却都指向了同一个源头——长途旅行。

因为，我不想在简历上作假，故意隐去一些事情，所以，当HR得知，在没有工作的那段空白时间里，我是在长途旅行中，他们多半都会委婉地拒绝，即便是旅游类公司也是一样。

可能有人觉得我傻，只要在简历上把工作时间延长一下，掩盖掉空白的那些时段，就不会有人过问。但，不论如何，那些都是自己的经历，付出了时间，承受了代价，也有所收获，为什么不能坦然呢？撒谎，并不是一个好的习惯，哪怕这个谎言的初衷是善意的。可能撒谎帮得了你一时，可一旦你说了第一个谎言，那以后就会需要更多的谎言来遮掩。而谎言，之所以叫谎言，是因为它终究会有被戳穿的那一天。

咳，好像稍微扯得有点远了，本来是要说说我现在"枯萎"的生活，没想到就扯出去了。哈哈，我随性了一点儿，你别介意。不过，既然都说到这里了，那就接着说完呗，谁让我有点儿任性呢。

那时，找工作四处碰壁，好似又把大学刚毕业那会儿面临过的困境，再次经历了一遍。最惨的时候，浑身上下摸不出来一分钱，连缴水电煤气费的钱都出不起，我傲娇，又不愿意向父母张口要钱，觉得丢人，要不是大学同学仗义救济，估计得喝好一阵子西北风了。

后来，在朋友的帮助下，好不容易进了一家小型外企，做物流营运和红酒推广，一个之前完全没接触过的行当，试用三个月，薪水一个月3000元，一切从零开始。

在上海这样一座城市，一个月3000元的薪水，不包吃住，生活自然好不到哪里去。鬼知道那一年，我究竟是怎样硬撑着在这座城市生存了下来。那段时间，也是我打鸡血打得最凶猛的时候，励志书、成功学，天天看。因为那时穷，又不愿意向家里开口，所以特别想"成功"，特别想多赚点钱，这样就能让自己生活得好一些了。

那时什么理想啊，旅行啊，兴趣爱好啊，好像统统消失不见了，因为它们不能当饭吃。生活里除了工作、学习，就是打鸡血。

因为老板是外国人，工作中需要天天说英文，所以我每天早晨六点起床，在家学习MOOC上的英语口语课程，并看一集TED，然后再出发去上班。英语口语是听出来和说出来的，如果连老板交代的任务都听不懂，那自然也没办法进行任何工作，这是硬性技能，没有人能帮得上忙。而且还需要学习和熟悉新的行当，那段时间真正是过了一把每天只睡五个小时的生活。

如果不是鸡血和正能量，我想自己不一定能撑过那段最苦、最尴尬的日子。它们好似铠甲，将我包裹武装，抵挡着所有的压力和负面情感的攻击。

后来，过了大半年，随着口语渐渐好起来，工作也越来越顺手，生活比起刚开始好了许多，但自己却觉得越来越累，越来越虚无。本想继续打着鸡血前行，可"过多的"正能量，于我已经成为一种负担，铠甲穿在身上时间太久了，太过沉重，让人再也走不动了。

哪怕是古时战场上的将军，也不会一直穿着沉重的铠甲，总还是有需要脱下的时候，一是凯旋，二是战死疆场，马革裹尸。我自然是不愿意成为那第二种，虽然也没资格称得上是"凯旋"，但累了的时候也总该休息，我可不想成为某天上海报道里"猝死"的那个人，何况，好歹也算是度过了最难熬的那段时光。于是脱下正能量的"铠甲"，让负能量和平淡侵袭，而此之后却热泪盈眶，因为，终于感觉到自己真实地活着，真实地生活于这世间，是一个活生生，有血有肉，会哭会笑，会开心会流泪的人，而不是社会这巨型机器上运行着的，一个不知疲惫的零件。

于此，开始从生存渐渐向生活迈进，拾起一些不愿放弃的爱好，培养一些自己感兴趣，之前却一直没时间做的事情。偶尔会需要一点正能量来自我武装，奋战疆场。但多数时候，还是在平淡里前行，也学会了该如何与负能量相处，逐渐成为一个成熟且不动声色的大人。

现在，在上海，我拿着尚算可观的薪水，过着还算滋润的生活，每天朝九晚六，背着包穿梭在这城市拥挤的地下铁里，偶尔周末加班，也多半是出席一些场合做推广。闲暇时间看书、看电影、锻炼、养花、做电台。每年休年假时，会进行一次短途旅行。

我终于，过上了两年前，自己特别渴望的平稳而理想的生活。生活好似丰富而充足，可随着时间流淌，总觉得缺了一些什么。

多年前，我渴望的，是颠沛流离的流浪生活，那时，我想成为一个三毛那样的旅行者，去很多地方，遇见很多人，不管过得是否富足，都会开心地生活。

而后，我渴望的，是自由且随性的独自生活，那时，我想成为一个自由撰稿人，因为，自那时起，我开始热爱写作，梦想着能以写作为生。不写作的时候，能种花、读书、旅行，做任何自己想做的事情，住在一所海边的大房子里，面朝大海，春暖花开。

曾经，我是一个纯粹的理想主义者，单纯、执拗，视金钱如粪土，只愿为理想而活。

后来，现实的残酷，让人明白，什么才是现实，于是理想主义者丢弃了自己的理想，换来了现在还算不错的生活。一方面，是知足常乐，夫复何求的平稳生活，另一方面，却有些什么东西好像永远也找不到了。

没有理想的生活，就像是不会向着太阳生长的花儿，永远长不开了，冬季的寒风一吹，就枯萎了……

三

好不容易喝了几杯，借着三分酒意，我就斗胆来说说，我一个好朋友的"枯萎"生活吧，希望她看到后不要打我，也希望你能不嫌弃我，喝完酒之后，太啰唆。

可爱妹，未婚，已有对象，1990年生天蝎女，身强体壮萌萌哒，南京大学研究生毕业，我对她的定义是"学霸"。

可爱妹是我大学同学，属于那种性格好，脾气好，看上去萌萌哒，瘦下来肯定是个美女的那种妹子。她是一个标准的学霸，在我们系的前十名里一般都能找到她的踪影，英语六级，满分720，她以656的分数高高跃过，不像我这等凡人，大学四年，六级考了五六次，最高的一次也才413分，直到毕业都没能通过。而且教师资格证、普通话证、计算机二级证、中级口译证等之类的证书，毕业之前，她就拿了一大把。

大三那年考研，我们系很多人参加，中途放弃的人不知凡几，而她却是边学边玩，硬生生考上了南京大学的心理系研究生，成为我们那几届中唯一考上985/211院校的霸气人物。像我这等学渣，虽然也参加了那年的考研，结果自然是妥妥地没考上。

作为一个优秀的学霸，自然会对自己有着颇高的要求，所以可爱妹在某些方面的追求也比较理想化，比如，她喜欢长腿高个有气质的理工男，期盼拐一个回家给她生猴子；再比如，她早些年超高的择偶标准。虽然作为好友，在这些方面我理应无条件地支持她，但用她的话来讲，每次跟我聊天，都会被我打击得体无完肤十分钟，过后又是一个杠杠的女汉子。

我说，长腿高个的理工男是挺多的，但是有气质的不多，有气质的又不一定长腿个高，而且就算这两项都符合的，你又不一定喜欢，再说了，就算以上这些条件都能满足，你喜欢的人也喜欢你的可能性，也是比较微小的，虽然你也很可爱。

每次说到这些，可爱妹都恨不得能立马拍桌子跟我打上一架。但奈何我在上海，她在南京，自然是不可能遂她的愿了。虽然我不想过分肯定，但这是一个看脸的时代，通常来说，自身条件比较好的，对另一半的要求只会更高，所以优质理工男看上可爱妹的概率，大概也就跟我买彩票中五百万一样吧，何况，我从来都不买彩票。

果然，就像可爱妹说我有一张"乌鸦嘴"，大学四年，研究生三年，都没能拐回来一个优质的高个长腿有气质的理工男。

后来，可爱妹研究生毕业，希望能早点找对象结婚。她本人的确是属于那种想要过日子的类型，但刚开始的择偶标准，真不是一般的高：至少得是研究生学历，985/211院校毕业，个子要高，长相要能过得去，年纪不能比她小，也不能她大3岁，最好是理工男。

当她第一次告知我，她的择偶标准，并且问我有没有人可以介绍给她的时候，我是处于一种惊讶而茫然的状态。

我说："大姐，你以为是去菜市场买菜吗？挑肥拣瘦。还是以为，像世纪佳缘网之类的婚恋网站上搜一搜就能速配恋爱？这确实是一个速食时代，包括不少人的感情，都是速配的，但是，你也靠谱点，行不啦！要求太多了，很难找的。而且，你为什么对学历那么在乎？为什么不看一个人的性格、人品和他是否有上进心呢？"

谁知，可爱妹居然甩了我一句，说："我都是南大研究生，所以至少也要找一个同学历的啊，不然以后生活会连共同语言都没有。"

一句话，说得我竟然无言以对，大姐，你是找科学研究的伙伴呢？还是找共度一生的伴侣啊？

可爱妹在研究生刚毕业那会儿，想要留在南京工作。她喜欢这座城市，想在这里买一套单身公寓住下来。不过这想法没能实现，之后，她去了无锡，在当地一家院校做老师，生活规律而充实，嗯，有点像是大学读书的样子。用她自己的话来讲，就是生活平淡得让人都要过不下去了。

尔后这几年，我们也经常联系，关于她的人生大事，我们也经常探讨，说是探讨，其实多半是我在给她做思想工作，希望她可以适当放宽标准，这样可选择的余地会多一些，何况，在一起生活是要看人的，看这个人对你好不好，你们在一起会不会觉得快乐，跟学历的关系，并不大。

其实，我个人是不太想和她谈论这个话题的，但奈何无法避让，谁让我们关系好呢。不过，学霸的世界，我真的不懂，何况身为学霸，她自己就是一个恋爱伦理专家，就自身恋爱这种问题，来问我这种外行人，真的好吗？

不知是不是我的开导起了作用，还是工作两年后，她对待生活的态度有了一些变化。前些日子，她忽然跟我说，她恋爱了。男生大她两岁，本科学历，在杭州工作，做产品运营，对她挺好的。

你看，终于还是放宽标准了吧。毕竟恋爱和生活又不是考试，你怎么可能给它套上一个标准答案呢？

不过自那时起，我的悲惨生活也就开始了，作为可爱妹人生中的第一次正式恋爱，不管是喜怒哀乐，她都愿意来跟我分享，不过第一次恋爱的女生，那种对很多细节无意放大的心思，真的蛮让人头疼的。世界上，并不是不存在心有灵犀这事儿，但是你指望一个刚跟你恋爱几个月的人，就能懂你，从你的言语神情中就能判断出你想要表达什么，是不是有点不太现实？有些事情，是需要说出来的，你不说，别人怎么可能会懂？

我知道，我是你的"闺密"，愿意跟我说一些私密的话题，偶尔秀秀恩爱也就算啦，可是咱能不探讨一些你们的私生活啊，大冬天的，这不是赤裸裸地虐狗吗？小心，我到世界动物组织保护协会，去控告你虐待单身汪！

好吧，我知道你要说，狗是活不到我这个年纪的，要真是单身汪，咱早就玩儿完了。

最近，和可爱妹的联系越发少了，毕竟她都有对象了嘛，所以能够分给朋友的时间，自然要比以前少很多。

前段时间，可爱妹辞掉了无锡的工作，跑去杭州找了一份新的工作，这样他们两个人就可以在同一座城市生活。听说，他们已经打算今年春节时，安排双方父母见上一面，探讨一下结婚的相关事宜，快的话，可能明年就要结婚了。

看着可爱妹风风火火地生活着，作为朋友，我由衷地替她感到开心。她现在走出的每一步，都是在向着前些年她想要的生活迈进着。或许，不久之后，她就会嫁作人妇，生儿育女，然后在家相夫教子，一步步走向自己理想中的生活。

不知，将来是否有一天，当她儿孙满堂的时候，会不会回想起2011年夏天，她在考研教室里，跟我说过的"理想"生活。

那时，可爱妹希望将来自己能够成为一个优秀的糕点师，在苏州或者杭州开一家蛋糕店，每天烘焙着香甜可口的糕点。如果朋友过去店里看她，她就挂上"暂停营业"的牌子，然后为友人奉上自己最满意的糕点，喝着下午茶，一起回忆过去的时光。

现在，她定居在自己曾经说过要去的城市里，以一个院校辅导员的身份。

至于糕点师这个曾经的理想，以及年少时设想过的理想生活，估计早已经在她心中枯萎了吧……

四

有时我会想，有多少人，现在过着的理想生活，并不是自己起初设想的那样，又有多少人，虽然现在的生活过得不算如意，却一直在向着从未变过的理想生活迈进？

嘿，下雨下雪了，就别走了，坐下吧，喝杯酒，说说那些你不曾兑现的承诺，说说你那破碎的梦，说说你枯萎的生活……

希望在这个寒冷的季节过去之后，你能成为那个你，我也能成为那个我。

春有百花秋有月，夏有凉风冬有雪

一

最近常犯错的一件事，就是在公司的协议、合约、确认书上签字写日期盖章时，常把日期写错，写成2016年1月几日，待到察觉时，才发现文件已经做好了，只能塞进碎纸机里粉碎，再打印一份，重做。

明明前段时间，和好友一起跨过年，告别了2016，迎来了2017。但身体的记忆，好像还停留在上一年没有过去，所以每次写日期，都是2016年打头。

不知道，你，是不是也会这样？

有人说，身体的记忆要比大脑的记忆，更长久一些，但形成得也更慢一些，所以有些事情，明明我们自己都已经忘记了，可是身体却还记得，比如，和某个人在一起时养成的习惯，习惯在马路上走时，走在靠外边缘，习惯进一家咖啡店时，先扫一眼他们家陈列的甜品。比如，长久以来形成的口味，永远都难以接受的葱姜蒜，明明想改，却总是失败。再比如，长期一贯的穿着风格，就好像我永远穿不惯皮鞋，只喜欢穿运动鞋那样，朋友送的手工皮鞋，一直安静地码在家里。

说来，最近各类自媒体平台上，辞旧迎新，写总结和计划的人，也挺多的。空闲时，点开几个看过，旧计划实现的人偏少，新远景宏大的人挺多。总觉得大家都特别忙碌，忙着往前走，忙着实现各种目标，忙着存款炒股结汇搞基金，虽然提倡"慢生活"的人也很多，不过说到底只是在茶馆、咖啡厅、观光海滩，拍一张自拍照晒晒微博朋友圈，这样就是真的慢了吗？这些，我想，只有你自己知道。

细想来，我自己其实也属于那种"假装慢生活"的货色，每天上下班时走路的速度差不多比周围的人都要快，不是忙着在地铁上看书，就是忙着在家录音剪音，背单词做题，好像有人在跟你抢时间一样，有时心中会想"快一些""再快一些"，如果这些事现在不做，以后可能就没有机会再做了。所以，不自觉地就开始拼命奔跑。

这个社会发展太快，说是日新月异也不为过，而生活于其中的我们，若是有所渴求，自会加快步伐，又如何，慢得下来？

有些畅销书作者会跟你说，"慢慢来，一切都不算晚""不要急，你还有时间"诸如此类的话，不可否认，他们说的都对，慢工出细活，慢生活会让人觉得快乐。可是，写书，做自媒体，举办签售会，参加各种活动的他们，就真的慢吗？其实，他们比我们还快，更努力，更拼命。一个人是不可能无缘无故，在自己所喜欢的领域里走得很远。很多人很有天赋，也异常努力，所以才能慢慢接近他们所渴求的。

近些日子，一则浙江大学学霸的时间表爆红微博，且不提他所取得的成果和他擅长的事情，光看那张从每天早晨6点到晚上12点半，安排得满满当当，分秒必争的作息时刻表，我们就知道他该有多努力奋进。

有时候，忙碌和努力久了，也会逐渐成为一种习惯，我们的身体会记忆这一切，然后将它演变成我们的日常，就像是我最近总是把2017写成2016一样自然而然。偶尔闲暇一下，就会觉得是享受了慢生活；偶然碰上一件没有截止日期的事情，哪怕在最短的时间里就迅速完成了，却还觉得自己是慢慢来做完的。

将高效当作了生活的常态，其实才是我们慢不下来的原因。就像我前段时间回了趟老家，觉得各种不适应和不习惯。比如，晚上不到10点，大家基本上都已经躺床上看电视睡觉了；没有24小时便利店，一旦过了点，就很难买到东西；在超市购物时，收钱通道太少，支付方式不全面，收取现金找零，导致效率变慢；公交车居然超过二三十分钟还不到站；等等。

已经习惯了上海高效迅捷生活的自己，很难想象如果按照父母这些年提出的要求，回老家工作生活，会是一种怎么样的状态。我并不是嫌弃老家不好，或者基础设施不够丰富，只是要让一个习惯了地铁5分钟一班，公交10分钟一班的人，去适应公共交通半个小时左右的等待，会是一件很难受的事情，就像这年头很多人手机没电了会焦虑一样，比较慢的效率，也会让习惯高效的人，产生不可抑制的焦虑感。

前些日子，公司业务需要跟在三线城市的工厂进行对接核查，有些明明是一天之内能完成的事情，工厂那边负责人给出的答复时间，却是3个工作日，而这段等待的时间，就让我和同事两人焦虑不已，不断地催促对方尽快给予答复。

推己及人，有时也不一定是好的，就像我们觉得自己一天能搞定的事情，对方也应该可以在一天内搞定一样。原本不同城市的工作效率就不同，我们有我们的方式，他们有他们的流程。就像企事业单位固定而复杂的流程，办一件事往往要跑两三个不同的部门，效率永远比私企要慢些一样。

二

如今回过头来，再看去年，好像做了很多事，可是如果让我细说的话，貌似除了比较容易记得的那些，其他的，都说不上来。

说不上来，这一年自己读过哪些书，做过哪些公司项目，写过哪些文章，完成过哪些电台节目。

呵呵，你看，我是不是挺傻的，自己做过的事情，都不记得了？

你呢？不知道，你能不能毫不犹豫地说出，自己上一年究竟做了些什么？

春

上海有很多植物园，记得去年春天花期时，说过很多次，周末有时间了，一定要去植物园看看，听朋友说那里的花都开了，挺不错的。

可惜冬天都已经要过去了，我依然没有去过。

在上海生活的不少朋友说，我们住的小区里其实有种樱花树，每年春天四月都会开花，可是，我在上海这么多年了，都没看过。枉我大四时考研，还想考去武汉大学，为的就是去那里的樱花园看樱花，却不想，上海小区里，那些零散的樱花树，也全错过了。

夏

去年夏天，因为厄尔尼诺现象，上海的夏天巨热，祸不单行的是，家里的空调还坏了两次，第一次是空调遥控器坏掉了，夏普的旧式空调，用万能遥控器，根本打不开，只能重新在网上买同款遥控器。还有一次，是空调的氟没了，只能打电话找维修空调的师傅，让他们周末时来家里修空调。没有空调的那几天，只能凭着床顶上一个超小的吊扇勉强度过，每天晚上汗流浃背，夜里拼命睡也睡不着，凌晨三四点又热醒了。

有一天晚上下班回来，看到楼下亭子里聚着一群老头儿老太太，一边扇着蒲扇，一边悠闲地打牌，吃西瓜。忽然就想到童年时的夏天，那时没有空调，我们一家人也是这样，在室外纳凉，妈妈会提前将西瓜放在水缸里冰好，等到晚上拿出来吃，奶奶会拿着蒲扇给我扇风，驱赶蚊虫。那时的夏夜，好像从未觉得热过，总是会有阵阵凉风吹来，驱散身上的热意。

人说，心静自然凉。那，究竟是我的心不够静，还是，气温已经高到无法让人心静呢？

其实晚上打开窗户，也还是有风的，只是总觉得外面吹进来的风，太热了，不像空调，那么凉。

秋

"超级月亮""红月"一类的词汇，每年秋季时，都会成为微博上的热搜，甚至在几天内高居热搜榜的第一位，算是难得一见能将娱乐圈事宜挤下去的盛事。

去年秋季，号称出现的超级月亮，要比往常的月亮，大上15%。而我记得，那天晚上自己好像是在公司加班，回去时，从地铁出来，抬头看了一眼高悬于空的明月，感觉和往年的明月也没什么不同，一样大，一样亮，然后就径直回家了。

当各地的天文爱好者，在享受他们的视觉盛宴时，我觉得跟自己并无关系，还不如在家看电脑。毕竟，那号称大出来的15%，依靠肉眼，根本看不出来，因为完全没有办法去做对比，天空上不太可能悬挂着两轮明月，不是吗？

此时想来，却是有些愣住了，自己是从什么时候开始，没有能好好地在中秋时赏一轮明月呢？

依稀记得，上一次赏月，还是读大学时，那时我们宿舍和隔壁宿舍的四个男生，搬着凳子，拎着啤酒、花生和猪头肉，一起跑到宿舍顶楼上看月亮，虽然和李白"举杯邀明月"的意境相差甚远，不过我们也总归有自己的乐趣。

毕业工作后，再没赏过月，一是没有志同道合的人陪着，二是失去了那份享受简单愉快的心思，觉得月亮其实也就那样，没什么看头，还不如在家躺着。

明月恒常在，只不过是我们身为看客，却失了那份与明月清风相伴的诗意情怀罢了。

你有多久没赏过月了？是不是同我一样，一不自知，就过了好些年。其实手机和电脑每天都看，偶尔秋天里浮生偷闲，放下那些琐碎之物，买几瓶啤酒和几串烤串，在街边当一回赏月的酒客，貌似也没什么不好。

冬

去年年底，还写过篇文字，抱怨上海的冬季多雨，却不下雪。

细想来，自己不过是想看雪罢了。念叨了好几年，要去冬季的哈尔滨看雪、看冰雕、滑雪，却总是未能成行。工作事务繁多，脱不开身，也算是情有可原，每年都以同样的理由为自己开脱，毕竟休年假都不会选在公司最忙的时候，所以每年这个时候，也都没有多余的假期可用。

早些年想看雪，还可以趁着过春节回老家去看，但近些年来，老家那边都已经很少下雪了。无雪的冬天，虽然不冷，却也总觉得缺少了些什么。不过想到生活在更南方一些的人们，甚至生活在热带的人们，他们可能终生都未看过雪，便也就释然了。

毕竟季节天气，亦如心情，强求不得，就算以现在的科技条件，可以进行人工降雨了，但我还没听过人工降雪，想要进行人为干预，也得有那样的气候条件才行。想要热带冬季下雪，和想要每年冬季暴雪的地区不下雪一样，基本不太可能。

虽然没雪可看，但每个地方的冬季都会有它自身的特点，就像上海冬天的冷雨，尽管没啥看头，不过下起来窸窸窣窣，窗户内侧的雾气和外侧的雨滴，勾画出的痕迹，有时看起来也挺有趣的。

三

春有百花秋有月，夏有凉风冬有雪。

一年四季，都有它独特的美，可大多数上班族估计和我一样，叫嚣着我们生活里太忙碌，所以几乎全部错过。可有时我们说着忙，是真的忙吗？就像是周末闲着，宁愿在家躺着玩手机，也不愿意出去走走，心里安慰着自己，工作日太累了，周末在家无所事事才是王道，然后，就那么度过了。

闲来无事，的确好，可周末在家玩两天手机，追两天剧就真的不会觉得累了吗？

有时我们觉得生活快，慢不下来，其实往往是我们自己不愿意放过自己，是有追求，是有业务目标，是要照顾小孩，是要还房贷车贷。但是，一刻闲暇都不给自己留，这些就能提前完成了吗？

哪怕，事实上，在城市里生活的我们，很难真的完全过上一种慢下来的生活，但偶尔给自己留些时间和空间，有何不可？就像是春季里去看一次百花盛开，夏季里夜晚散步，感受一下自然的凉风袭来，秋季时赏一会明月清风，冬天里即便看不了雪，抽闲对着下雨的窗外发发呆也好。

原本四季常青，想无闲事纷扰心头，对于现今的我们而言，的确不太容易。

古人常云，长发如瀑，亦如心头的三千烦恼丝。既然长发可修，那烦恼丝自然也是可以斩断的。

偷得浮生半日闲，而后去赏那春花秋月，夏风冬雪，自能体会个中闲情。

宋朝无门和尚曾于《颂》诗中写道："春有百花秋有月，夏有凉风冬有雪，若无闲事挂心头，便是人间好时节。"

古人尚能豁达如此，如今我们又为何不可？

第二章　世界很大，我们很小

你好，再见，再未相见

一

还记得，当你第一次和某个朋友相见时，说过的话吗？

那时的你，是以怎样的方式来作为开场，化解第一次见面时的些许尴尬。

那时的你，是微笑，是言语，还是，不知所措？

那时的你，在打招呼时，有没有说一句"你好"？

还记得当你离开一座城市时，和相识许久的友人告别，是一种怎么样的情景？

那时的你，是以怎样的方式来作为收场，冲淡离别时的淡淡悲伤。

那时的你，是拥抱，是言语，还是，头也不回？

那时的你，在告别时，有没有再说上一句"再见"？

二

"你好"，这样简单打招呼的方式出现在很多地方，小说、影视剧、动漫作品里常常都会用到，但现实生活里，我们会在见面时说出这句问候吗？

反正，我是没说过的，至少在2008年认识阿储时，我没有对他说过一句"你好"，甚至在这之后的七年里，我都没有对他说过这句话，现在想来，其实是有点遗憾的。

和阿储相识的方式，在现在看来其实是有些土鳖的，但在2008年时却还是挺流行的，至少我是这么认为的。那时"网友"这个词还不像现在这样，包含了许多负面信息。当时所谓的"网友"，不过是通过网络结识的朋友，仅此而已。

说出来，你可能有点不信，我是在2008年高中毕业时，才拥有了自己人生中的第一个腾讯QQ。高中时学业太过繁忙，而且自己读的是寄宿制学校，每个月放两天假，来回学校的路上就会消耗掉一天时间，剩下的一天还需要完成作业，通常那些试卷和习题都是熬夜写完的，所以，那时几乎没有机会接触到网络。

好不容易熬过高三，要做的事除了睡到天昏地暗，喝到七荤八素，剩下的自然就是玩电脑了，申请QQ，玩游戏。当年腾讯的游戏还没有现在这般多，刚开始时还只有QQ炫舞，后来陆续出了许多其他产品，包括被很多人称之为"掉线城"的DNF，不过刚开始时，最火爆的腾讯游戏还是QQ炫舞，而我和阿储就是在游戏里认识的。

当时因为我们两个人玩游戏技术相差不大，所以随机游戏时，好几次都被系统分配到同一个房间，玩过几把之后，一来二去，也就渐渐熟悉了。每把游戏结束，我们都会在房间的聊天窗口上聊几句，有天他忽然问我说："尘寰，你是学生吧？感觉你每天上线的时间都蛮长的。在哪个城市读书啊？"

我说："在常州啊，因为我们课业相对来说比较轻松，所以每天在这上面时间就比较长了。"

当我将"常州"这个城市名字发送出去之后，阿储有点激动，后来我知道，原来他也在常州，我们两人在同一个城市读书，同一届，但不在同一个大学。

三

第一次和阿储相约见面，是在1909年的冬天，具体的日期我已经忘记了，但我记得那时挺冷的。

那是我人生中第一次见网友，说不紧张那是不可能的，因为那段时间网络上陆续报道了很多有关"见网友"的负面新闻。所以，当我搓着手在南大街徘徊，冻得两耳通红时，开始有点儿后悔答应阿储见面这件事了。两个人安安稳稳地做网友其实也挺好的，只要有时间一起玩游戏就行。

当阿储出现在南大街时，我已经等了近二十分钟，自己并不是一个喜欢约会迟到的人，所以只要是和朋友约好了，我一般都会提前到，虽然同样不太喜欢等人的感觉，但我却更讨厌被人等。

那天，阿储出现在我面前时，穿着一件黑色的羽绒夹克，简单的蓝色水洗牛仔裤，短发，戴着黑框眼镜。他看到我，直接招呼道："是不是等了蛮久的？不好意思，刚才交通不好，302在路上堵了好久，我请你喝奶茶吧。"

我说："还好，不到半个小时。行啊，那我们去喝奶茶好了，我喜欢CoCo的。"

他笑着说"好"。

其实在阿储开口说话的瞬间，我是有点想笑的，但想想还是忍住了，毕竟那样对于朋友就太不尊重了。

作为一个男生而言，阿储的声音其实是有些尖锐和柔软的，听上去更像是女孩子的声音。虽然听说有些男生在成长发育的过程中，缺失了变声这一阶段，导致声音听上去非常"女性化"，但这还是我第一次，接触到没有经历过变声期的男生。

阿储好似对自己的声音比较在意，所以之后我们两个人捧着奶茶有一点没一点闲逛的时候，他就已经很少说话了。就算是有，也多半是简单的"嗯""是啊""我知道"之类。

随后的几个小时里，大部分时间都是我在找话题，为了缓解尴尬的气氛，我总会找一些有趣的话题来说，比如，前几天在网上看到的有趣的新闻和段子，幸好我自己还算是个"话痨"，要不然第一次见面，两个人都不说话就真的太尴尬了。

其实常州的南大街也不算很小的，但愣是被我们两个人来回逛了好几遍，那时读书挺穷的，逛了很多店，但什么都没买，估计不少专卖店的导购员心里都恨死我们了。

很久之后我才知道，阿储他是从那天开始，真正地把我当成朋友的。

一个人想要在言语上表现出对另一个人的尊重，其实很简单，但若是要在言行举止和眼神里，全部表现出来却很难。但若是你在心里，真正尊重了一个人，不介意他的一些缺点，那么一切都无须刻意，自然而然。

四

和阿储虽然在同一座城市，但却很少见面。

该是属于那种偶尔想念，偶尔聊天，偶尔会打一通电话，却又一直不会陌生的朋友。

后来随着学业繁重，又有了其他的兴趣爱好，我渐渐不怎么打游戏了，而阿储也转战了诛仙，不再玩QQ炫舞，于是我们之间的联系，越发地少了。

再见面，已经是2010年冬天，过去了整整一年。

那天阿储在QQ上告诉我说，他去了专业的医院进行了声带手术，声音听上去要比以前男人多了，说着还打了几个耍酷的表情。

我惊讶道，是吗？

聊着就拨了一通电话过去，想听听看，他现在的声音究竟是怎样？当然，更多的是想分享朋友的喜悦。

电话接通时，从听筒里传来一道略微低沉的男声，那是阿储改变之后的声音，比一年前男人了很多，至少听上去可以分辨出，说话的是一个男生，不像刚开始时，如果只听声音不看人的话，就会觉得说话的是一个女孩子。

阿储得意地说："怎么样，我现在的声音是不是听上去要男人多了。"

我说："是啊，要比以前好很多很多了。"

话音刚落，我就听到他在电话那头嘚瑟却又开心的笑声。

于是，开心的储大少爷，大手一挥说周末要请我吃饭，顺便见个面，好久没见了。

我自然说，好。

五

大学四年，我和阿储只见过两次面。

以前从未想过，自己有一天会和一个只见过两面的人成为朋友，但人生的际遇，有些时候就是如此奇妙。其实原本我们筹划过第三次见面的，那时是2012年，说好一起去恐龙园玩，但最终却因为阿储家里的事情和我们的大四毕业实习，无疾而终。

2012年毕业，大家都忙着找工作，有不少人选择留在常州这个生活了四年的城市，也有些人选择了去往上海博取机会，只有很少一部分人选择回老家工作。而我也因为考研失败，加入了求职大军，不过那时的自己，还没把求职当成人生中的一件大事来看待，只是忙着准备毕业晚会，还有和学院里的同学和朋友告别。

毕业那晚，我喝了自己这辈子迄今为止最多的酒，然后吐得一塌糊涂，哭得稀里哗啦，想着还有那么多事情没来得及做，就已经走到了青春的尾巴上，那些曾经说过要和同宿舍兄弟们一起去实现的事情，只完成了一些，另一些自然因为大家离散到不同的城市，距离实现遥遥无期。

那时阿储也忙着自己的毕业和工作，自然顾及不到我，于是在我2012年毕业离开常州时，都没来得及当面和他道一声再见。

六

而后再见面时，已经是2013年的秋天。

那年，工作一年的我，毅然辞去了工作，出发去旅行，一路沿着海岸线向北，然后再往西，最终穿过喜马拉雅山脉，去到尼泊尔。

其实原本我辞职，是打算去美国求学读书的，但后来因为种种原因，最终未能成行，于是暂时不打算找工作的我，怀揣着自己积攒一年的薪水，径直出发上路了。

三个月后，旅行结束，我回到常州，打算见见老同学和老朋友，而阿储自然也是我想见的人。

走了那么远的路，见过了一些人，也经历了一些事，越发变得感性，越发珍惜，那些出现在自己生命中的人。

那时阿储在常州做销售，混得挺好，一个月5000多的薪水，这对于很多刚毕业的人来说是挺高的，何况常州的房价和消费并不算高，所以他在城郊租了一间挺大的房子，享受着一个人在外的生活。而背着一个大登山包的我，停留在常州时，就索性暂住在他那里。

知道他喜欢收集一些很有质感的事物，旅行经过西安时，我给他挑了一个图案很别致的埙，权当是送给他的礼物，毕竟我们认识了这么些年，我还从未送过他礼物。

那几天休息，白天他在家打游戏，我出去拜访朋友，晚上会一起吃饭，躺在床上聊天。我们说了很多很多话，从毕业一年多各自的生活，到我在旅行中的见闻，再到彼此的感情，朋友间好似总是有着说不完的话，因为我们谁也不知道，下一次再见面会是在什么时候，所以好不容易见上一面，自然要把能说的话都说完。

但那时的我，从未想过，那会是我此生，见他的最后一面……

七

旅行回来，我在南京找了新工作，虽然不是很满意的工作，但我当时和一个人约定了这座城市，所以就算是苦一些累一些，也还是留了下来。

阿储是南京人，家里也挺有钱，但他还是希望靠自己来生活，所以他才留在常州工作。

在南京的那一年，我偶尔也会接到阿储打来的电话，后来有一次他告诉我，他回南京工作了。

我问，为什么忽然就想回来了？

他说，在南京有了自己喜欢的人，所以就回来了，这样至少可以离得近一些。

那时我心想，难怪我们能成为朋友，原来是因为两个人有着太多的相似之处。

当时他说有机会的话，可以一起见个面吃个饭什么的。

我说，好。

但后来，直到我离开南京，回到上海，我们都没能见面。

因为2014年时，我在南京的工作是两班倒的，没有周末，没有双休日，所以通常他休息的时候，我都是在上班的，而我休息时，又是他的工作日。

前几天早晨在洗手间刷朋友圈时，看到他朋友圈里的最后一条状态写："朋友们，感谢你们多年的照顾，我儿子因感染克罗恩病，肠道穿孔治疗不及时，感染严重已经过世。"

起初，我以为这只是一则玩笑，但当时我却不敢打电话，只敢发一条微信去询问，打字时我的双手都是颤抖的，好几次手机差点掉在地上。

而当微信上阿储的妹妹回复说，消息是真的时，我的眼泪就直接掉下来了，一滴滴落在手机屏幕上。我从未想过，自己有一天会以这样的一种方式，得知朋友去世的消息，虽然2015年这一年经历了一次亲人离世，但这种事情怎么可能会习惯，要知道我一两个月之前还和他通过电话，可现在自己却被告知他已然去世，一时间让我如何接受？

那瞬间，我突然有些痛恨自己，因为阿储弥留和去世时，我在外面休年假，和朋友们跑去四川徒步登山，手机在山里根本没有信号，因此错过了所有的消息。如果，那时我还在上海，是不是还来得及，去南京见他最后一面？

作为朋友，我想自己是不称职的，在他最后的弥留时刻，都没能陪在他身边。我当初没有机会去参加阿储的婚礼，也错过了他的葬礼。有人说，人在离世之前，这一生的经历会如同放电影一般展现在眼前，不知道阿储在最后的时刻里，有没有看到我们的曾经？

八

之后的几天里，我一直处于一种低迷状态。真不知道，叔叔阿姨该怎样接受阿储已经离开的事实，我不敢在这个时候去看他们，也不敢去阿储的墓碑前洒一碗酒，上一炷香。

阿储，你会不会怪我？

后来我妈给我打电话，听我声音低迷，便问我发生了什么事。我告诉她，我的一个朋友去世了，他才26岁，无妻无子，孑然一生。我妈只是感慨了一下阿储年纪轻轻的就去世了，太可惜了，之后就没再说什么。虽然明知道我妈并不认识阿储，但有那么一瞬间，我还是有些觉得人情淡漠，一个生命离去，在与他不熟悉的人那里，只能换来一声叹息。

阿储，再过几个月清明，我去南京看你吧！

去见见叔叔阿姨，去你的墓碑前洒一碗酒，上一炷香，跟你说几句话，就算到时候被旁人当成神经病也无所谓，毕竟他们不是我，没有经历过我们七年的友情。

人可以淡然，但绝对不能淡漠，你说，是吗？

其实我挺后悔，七年前，2008年认识你时，没有跟你说一声"你好"，所以后来我才会习惯性地忘记了跟你说"再见"，虽然我从来不信说了再见就能再见面，但这些天，有时我也会想，若是那次在常州跟你道别时，说了再见，就好了。我宁愿去祈求那亿万分之一再见面的机会，也好过再也不见……

如果，真的有来生，我们还做朋友，好不好？

下一次，我一定记得认识你的时候，说一声"你好"。

每一次道别，都说"再见"。

不添乱，是我们当下唯一能做的事

生死离别，都是人生大事，不容许我们来支配。

比起外界力量，我们人，是多么渺小……

一

中秋节期间，新浪微博的热搜和头条被娱乐圈艺人"乔任梁的死讯"占据，各路未经证实的猜测和小道消息充斥微博，并大肆散播，将一条条与逝者相关的消息顶上热搜，呈现病毒式的传播。各类人士争相发表言论，扼腕叹息者，肆意谩骂者，内心阴暗者，心怀悲伤者，比比皆是。

其实，直到现在，我依然不太清楚乔任梁究竟是何许人，只知道他曾是一位艺人，现今已然去世，年仅28岁。

除此之外，我对他，一无所知。

我知道，乔任梁应该不是一位特别著名的艺人，不然在此之前，我肯定会有听到过关于他的各种消息。就像我不看春晚，不看小品，却知道赵本山；不看一些电影，不看电视剧，却知道黄晓明；不听周董的歌，却又非常熟悉周杰伦一样。

所以我就好奇，为何这样一位声名不显的明星逝世的消息，会"引爆"各大头条。

然而，当我关注各类"详细资讯"时，却顿觉内心悲凉。

那些关注着"乔任梁死讯"的人们，在意的并不是一个年轻生命的逝去，也不是对一位尚在成长中的艺人"中途夭折"的扼腕叹息，更不是在意他曾留下的任何作品。

甚至他们在意的并不是"一位艺人逝世"这件事情本身，而是关注于一些莫名其妙、未经证实的艺人怎样死亡的"小道消息"。还有不少人借助艺人的死讯曝光自己，不管乔任梁的艺人好友发出怎样的言论，都对他们进行人身攻击，哪怕是因为悲伤无法自持，一时半会做不出"发声"的明星，都遭受了质疑和谩骂。

这些人倚仗着网络上的言论自由，站在一个自己制造出来的"莫名的道德制高点"去质疑和评判着别人，内心"愉悦着"痛骂某某某名人的爽快，不知所以。

而这些人，并不是逝者乔任梁的亲人，不是他的朋友，也不是和他熟悉的人，甚至都不是他的粉丝。更有可能和我一般，在这条死讯爆出来之前，甚至不知道乔任梁是何许人。他们只不过是在这样一种略显"病态"的舆论导向下，释放内心阴暗面的陌生人而已。

尊重死者，被他们视若无睹，撕开真实的伪装和道德的假面，这些人所剩下的不过是丑陋的内心而已，消费着别人的不幸，调侃着逝者的死亡。

即便后来，官方发布声明，乔任梁死于抑郁症时，又有不少人跳出来揪住"抑郁症"开涮。那些大叫着设身处地、感同身受、曾经经历的人，仗着百度出来的自以为是的粗浅知识去揣度，又怎么可能真的能够理解那些挣扎在抑郁痛苦，暗淡无光世界中的人的撕心裂肺和心如死灰。

二

类似"艺人乔任梁去世"这样引爆网络的事件，已经不是第一次发生。

就像是不久之前的"八达岭动物伤人"事件，动物园自驾游的观光客，因为自身疏忽大意和动物园管理方面的安全隐患，在野生动物放养区内下车行走换座，之后被一旁的老虎伺机袭击，导致一死一伤。

对于此事，微博上也是各种评论大行其道，甚至就连被袭击者的信息都被"人肉搜索"出来，什么被袭击者是"职业医闹"，这次被老虎袭击简直是"报应"之类的言论大量出现。另外，被袭击者两人中，一妇人是另一妇女的母亲，因为救女心切而被另一只老虎袭击，导致重伤死亡，丈夫则因为"迟疑"躲过袭击，由此大加议论，争论着"老公和老妈，哪一个才是真的爱你"。

"小市民心态"让绝大多数网民持有一种"看热闹"的想法，他们并不在意受害者如何，只是满足着自己的猎奇心和"自由"表达，看不到一个母亲甘愿为女儿牺牲的伟大，也看不到动物园管理疏漏存在的安全隐患，才是导致这起事件发生的最大原因。

不论这被袭击者是否曾是职业医闹，也不管他们曾做过和从事过什么，只要不是那些天怒人怨的犯罪事件、害得别人家破人亡、妻离子散的事情，就没有理由受到那些好事者的责难和奚落。遭受动物的侵袭，或许他们曾做过一些让人觉得愤懑的事情。但说到底，不过是为了生存，蝼蚁尚且偷生，更何况是人。

三

乔任梁死于抑郁症，虽然不知他抑郁的原因为何，但最终造成抑郁死亡的外界力量，多半源于人们的言论，尤其是网民的负面言论。如果要为这位艺人的身死找出"凶手"，那些曾经在他的微博下留言谩骂和诅咒的人，都是将他推向死亡的黑手。

也许有人觉得身为一位明星，一位公众人物，需要有着强大的内心和很强的承压能力。这些，我相信他都曾拥有，但不管能够承受负面情绪的人心是像水杯那样小，还是像水缸那样大，只要是有容量的，就都会有被填满的一天，哪怕宽广如海洋，也被海水填满。

而容器一旦被填满，却不给它一定的时间去释放和缓解，那么容器本身就会破裂，这个人最终便会消亡。

意外和死亡，从来都不是单独来临的，生死离别，都是人生大事，不容许我们来支配。比起外界力量，我们人，是多么渺小。但尽管如此，每一个明天依然会来临，所以不管我们渺小也好，脆弱也罢，总是要奋力生活，去迎来一个又一个明天。

9月22日，是乔任梁的追思会，他和许多故去的人一样，不再拥有明天。我知道，这一天如我们这般的平凡人是没有机会去殡仪馆追悼的，但我想，追悼其实并不需要亲自到场，心中有哀思便已足够，不管是如我这般其实对乔任梁并不熟悉的人，或是他的众多粉丝中的一员，还是那些之前因为不理智而言辞过激的人，我都希望彼时能够送他走完这最后一程。

不是因为他是明星艺人，也不是因为他曾做过的任何友善或其他的行为，仅仅只是为一个逝去的年轻生命。不祈祷天堂如何，彼世如何，只期望这个逝世于抑郁的年轻人，能在最后一刻得到所有人的温暖祝福。

这一次，我们不添乱，只祝福……

生活是眼前的苟且，也是诗和远方

一

前些年，有句话盛行一时，给许多人带来过深浅不一的影响，它点醒一些麻木生存的人，惊醒过一些安逸度日的人，敲醒他们沉寂已久的梦想，给予他们勇气，走出这些年来一成不变的生活圈，并敦促着他们去追求自己心底真正渴求的事物。

当然于此，赞许者虽多，但反对者更甚，他们觉得这是荒谬之言，是不安的煽动，是一通无用的废话。可现今看来，那些反对者的言论，却更像是逞一时口舌之快，骂过、批判过后，便也就抛置一旁，不再提及。于反对者而言，它一文不值，不会给他们带来任何改变，于赞许者来说，却成了一段时间里的人生信仰，指引着他们走过一段相当漫长的道路。

所以，有些话，原本就是说给想听的人听的，至于那些不想和不愿听的人，将它当作几句戏言，也并无不可。

今年三月，许巍将这句话，传唱成一首歌——《生活不止眼前的苟且》。虽然是许巍今年的新歌，但我也是前两天才听到，作为一个喜欢听他歌唱的人，不得不说，我还真不是一个称职的粉丝和听众。而听过之后，便有了我现在写下的絮絮叨叨。

生活不止眼前的苟且，还有诗和远方！

说实话，在听过许巍这首歌，并查看相关创作背景之前，我甚至不知道，这句话，起先是高晓松说的。作为它曾经的狂热信徒，我认为它诠释过我内心所有的愤懑和不如意，指引过我接下来的生活，该如何做出改变。可如今想来，却觉得自己也是挺可笑的，当年，一句不知是谁说的话，就能成为自己曾坚信不疑的人生格言，你说，可笑不可笑？

我曾因此而辞职旅行过，也曾因此而追寻过诗和远方，但在此之后，却发觉单纯为了生存，或是单纯地为了诗和远方，时间久了，都会让人感觉茫然。所谓苟且，的确是以生存为首要，但所谓诗和远方，却不仅仅只是字面上的"诗和远方"，它可以是你喜欢和追求的任何事物。

而今觉得，如何在生活里，寻找一个属于自己的平衡点，反而显得重要。如何平衡自己的工作和追求，如何平衡眼下生存和远方旅行，等等。只有在找到那个属于自己的平衡点之后，生活才会逐渐演变成自己想要的状态。诚然，我觉得大多数青年人，包括我自己在内，都没能意识和寻找到那个契合自己的平衡点。久而久之，就会有点想当然地认为，自己做不到的事情，别人肯定也做不到。

但事实上，做到这一点的人其实还挺多的。比如说，我的偶像阿Sam，从早期博客时代的网络红人，到后来的潮流杂志主编，再到现今一个享受写作和旅行生活的自媒体人。他的三本书，就像是他人生三段时期里的述说，从《去，你的旅行》，到《趁，此生未老》，再到《不过，一场生活》，无数喜欢他的人，见证着阿Sam一步步走向自己想要的生活。

再比如说，这段时间因为唱歌和写书，一直比较红的民谣歌手——大冰。虽然很多人觉得他的大冰小屋，很破、很小，卖的东西很贵，不值当，觉得他写的文字矫情无比，卖弄情怀，但同样有不少人从他的歌声和文字里，感受到了实实在在的生活气息，那是一种作不得假的烟火气息。

虽然我只读过大冰的那本《乖，摸摸头》，但从他讲述故事的字里行间，却也感受到他于生活的怡然自得，在开店、唱歌、写书、旅行、工作之间，他有属于自己的平衡之道。至于旁人的懂与不懂，估计他也不会在意。

陌生人，喝了这杯酒，再唱一首歌，反正陪你去可可西里看海、浪迹天涯的人，也不是我。

也许会有人说，你说的都是些名人，他们距离我们的生活太过遥远了，感觉一点都不真实。

那，我就说说自己身边的朋友吧，说说那些可能你们连名字都不知道的人的生活。

二

2013年8月，我和莹莹相识于拉萨。

那时，正值我人生中迄今为止，唯一的说走就走的辞职旅行，从上海出发，沿着海岸线一路向北，经过日照、烟台、青岛，而后抵达大连，之后再转道西安，目的地直指拉萨。

那年，和盼盼约好了，八月份在拉萨碰头，然后一起翻越喜马拉雅山脉，去往尼泊尔。

因为那是大家人生中第一次出境，虽然各自都已然算得上是"老驴"了，但还是想着此次出国，身边能有一些熟悉的朋友陪伴，所以各自只身上路的我们，最终相约在拉萨，打算一路同行。而莹莹便是其中之一。

当然，那时莹莹还不叫莹莹，小伙伴们都称呼她"猫大人"，这是莹莹的微信名，也算得上是个外号，就像他们喜欢称呼盼盼叫作"少爷"一样。不知为何，不少人喜欢用微信名来称呼别人，也许这算是一种趋势或流行，可毕竟拿真名做微信昵称的人，还是少数，所以也当不得真。而且总觉得朋友之间，直呼其名反而显得亲切，幸好那年我因为没有智能手机，也没有使用微信，被戏称为"原始人"，要不然，还真不知道最后自己的昵称会是什么。

说来也是有趣，当年那一帮在拉萨游荡，一路同行到尼泊尔的小伙伴里，至今联系还算紧密的，也就只有盼盼和莹莹了。其他人，因为身处天南地北，大家在工作和生活上并无交集，再加上岁月变迁带来的成长，彼此之间或多或少，都存在着一种隔阂感。而这种隔膜，说到底，其实也不过是彼此之间不够坦诚，或者说，从一开始就觉得对方并不是自己喜欢的那种旅伴吧。

莹莹是那种比较简单的人，喜形于色，有什么就说什么，没有太多的弯弯道道，想做的和想要的都很明确。如果不是她在高原上表现出女生在体力方面的柔弱，我会一直把这个大大咧咧的东北姑娘当成汉子来看。

那年，我们去尼泊尔是纯粹为了旅行，去徒步、滑翔和静修，但莹莹不同，她过去，领略异域风情只是捎带，最主要的目标，还是去采购一些尼泊尔的当地特色物件，作为自己店铺里的商品，毕竟尼泊尔的菩提相当出名。

她开了一家手工店，叫"阿猫手作"，在淘宝上贩卖一些以文玩为主的手工饰品。当年一行人中，也唯有莹莹，是自己开店当老板的，其他人都是上班族，当然村干部和公务员也是有的。虽然是一个自由职业者，但莹莹的工作其实并不那么自由，8小时工作制于她而言，简直与做梦无疑，但她却非常享受自己的生活。不过，她把自己的店铺直接叫作"阿猫手作"，也难怪这些年小伙伴们一直直呼她作"猫大人"了。

做一个能赚钱养活自己，且有更多盈利的自由职业者，并不是件容易的事。2013年，莹莹也走到了生活的低谷，虽然和男朋友"喵大人"的感情一直不错，但作为一个有稳定工作、有编制的学校教师的恋人，说没有一点压力，那是假的。何况，她也已经不是豆蔻年华的少女了，面对稳定的工作和生活，还是自己喜欢的旅行和生活，她需要做出选择和取舍。

所以那时，莹莹也说，如果今年手作店还不能走上正轨，有更多的盈利的话，就可能需要自己回到那种安稳却枯燥无味的生活里去了。毕竟，生存才是生活里首先要满足的，如果都无法生存，又如何去谈其他？

我们一起在加德满都闲逛，尽可能地体会当地人的生活，吃手抓饭，参与因陀罗节，去小市场采购，也去当地一些值得一看的景点。玩的时候，就玩得尽兴，采购的时候，也极尽挑剔。这是当时旅途中我认为，莹莹所处的一种状态，她在旅行和采购的协调上挺好的，如果这种状态能和生存相融，并持续下去，应该就是她最想要的吧。

我和盼盼申请的尼泊尔签证是一个月，莹莹他们则只有半个月，在博卡拉住了三天后，他们就启程返回，盼盼去了卢卡拉，而我则开始了自己为期一周的安纳普尔那的ABC环线（Annapurana Base Camp）。

之后，再听到莹莹的消息，已经是2014年了，他们相约一起去菲律宾学潜水。原本也是喊了我的，不过那时我处在工作和情感上的最低谷，样样都不顺利，所以没能和他们一起去。

再见面时，已经是2015年9月，我们相约去四川徒步贡嘎环线，并攀登四姑娘山三峰。那时，莹莹告诉我，阿猫手作还开着，这几年还算好，至少有了盈利，而且也聘请了淘宝客服服务，不需要售前、售后事事亲力亲为，只要做好手工和采购这两个环节就好，所以才会在这个时节有大把时间，出来和我们一起旅行。

当时我觉得，莹莹应该是找到了她自己在手工、开店、旅行、生活和爱情上的一个平衡点，会这样持续着，越做越好，而后再过些日子，就该听到她即将大婚的消息了，毕竟"猫大人"和"喵大人"甜蜜恋爱了这些年，也差不多要举办一场婚礼了。

从四姑娘镇分别后，我们回了成都，莹莹则出发去往色达，而后再次进藏，前往拉萨。原本据她说，是去那边维护几个供货点，顺便过去和那边的供货商交流交流感情，之后再回天津。

谁知此去，她便从此定居在拉萨，再没离开过。

作为朋友，虽然只是旅伴，但我觉得自己挺后知后觉的，要不是今年一起旅行，谈到莹莹时，盼盼告诉我这个消息，我会一直以为她已经回了天津。虽然盼盼说，知道这个消息的人很少，因为他是阿猫手作的投资人，所以才会知道，但我还是挺讶异的。

另外，听他说莹莹结婚了，新郎不是"喵大人"，而且，她很快就要当妈妈了。

虽然我不知道，那次四姑娘镇一别后，发生了些什么，才让莹莹做出结婚，并定居在拉萨的决定。但我知道，她是个非常有想法的姑娘，从她一直坚定寻求自己喜欢的生活状态，并乐享其中，就看得出来。既然她如此决定，那自然有自己的思量，何况，这些都是她自己的事情，没跟我们讲述也是正常，毕竟，不是谁都喜欢将私事大张旗鼓，到处宣传。

而今，特地翻阅了一下她的微信朋友圈和QQ空间，发觉她的阿猫手作，已经不仅仅止于简单的手工饰品了，更有一些西藏特色的吃食和特产，算得上是靠一方水土养育。虽然只是偶尔闲聊，但她无意中流露出的快乐和幸福，却更是让人相信，她过得很好。谈及旅行时，莹莹依然参与其中，我想即便是有了宝宝，每年一起旅行的那一到两次，她肯定还会与我们一路同行，因为她已经有了自己生活的平衡之道，这种平衡会从事业、旅行和生活中，逐渐蔓延开来，覆盖子女和家庭，而后她会享受自己喜欢和拥有的一切。

三

生活简单亦如期许，和社会主流观念一致，传统却又幸福的人，也是有的。

小黄，是我的高中同学。2012年大学毕业，2013年相亲结婚，2014年和妻子育有一子，如今连同父母在内的一大家子人，一起在上海工作生活。

他现在供职于上海某家电力公司，每月薪资待遇5000不到，勉强够生活。他妻子原本也就职于一家企业，但在怀孕期间，公司人事部门采用哄骗的方式，让她签下一纸协议，出于疏忽大意以及对相关法律的不了解，公司只以一个月薪水的赔偿开除了怀孕期员工。原本小黄还跟我说，想通过法律程序来追讨更多的补偿，但奈何他老婆事先签下了协议，最终也只能不了了之。

他老婆在生育之后，直到现在依然没有找到一份合适的工作，目前只好一边照顾小孩，一边寻求新的工作机会。在这样的情况下，我曾问过他，如今你们一家三口，仅靠你一个人的薪水生活，是不是太吃力了？

他的回答自然是吃力，不过小夫妻俩的房租是由父母缴纳的，而且每个月家里还会给予补贴。虽然住在两套房子里，但小黄他们和父母的租房是靠在一起的，之前休假，我过去玩时，还见过阿姨在家里帮他们做饭。当然，那时他们还住在江苏路附近，后来出于想住得更好一些，但又不希望房租太高昂，他们两人搬到了大场镇，在那边租了一套不错的小区房，一百多平方，精装修，房租每月4000。这次不用问，我也知道，房租是家里父母帮忙出的，只靠小黄他们一家三口，是出不起的，光是三人的吃穿住用行，就是个问题。

我曾经很隐晦地问过他，说我们都已经毕业这么久了，经济应该独立才对，结婚时虽然因为经济能力太弱，可以让家里帮忙出资一些，但在上海生活的房租和生活费，还需要家里人帮忙出，是不是不太好？毕竟叔叔阿姨也相当辛苦，现在在上海做装潢生意，虽然能赚到钱，但行业竞争压力也相当大。

　　不过，小黄却有些不以为意，觉得依靠父母是应该的，结婚买房买车，家里帮衬着，也是理所当然的，不然以现在的物价和房价水平，仅靠自己的微薄收入想去实现这些，几乎是不可能的。

　　但小黄一直觉得自己的生活，挺幸福的，每天除了上班工作，就是陪陪自己的儿子和父母。一直以来，他都没有什么关于诗和远方的追求，这种一桌酒菜，几杯酒，老婆孩子热炕头的生活，就是他所想要的。

　　如今他们小两口的想法，就是达到足够办理上海户口的积分，接着就是考虑关于孩子就学受教育的问题。如果条件允许的话，就在价格合适时，再买一套房子，就算不自己住，拿来当投资也好。

　　因为所求甚少，所以去平衡工作和家庭生活，会容易许多，对于小黄来说，生活就是眼前当下，就是老婆孩子，无关苟且，也没有诗和远方。若是非要说一个"诗和远方"，那也只是薪资待遇高一些，换一个更大点的房子，孩子健康成长，家人快乐平安吧。

我想，这也是无数乐于如此生活的人，所渴求的未来。为家庭而生活，也为家人而快乐。

四

昨天和老妈视频聊天，又聊到了买房成家的事情，每次聊天不管是以什么缘由开始，聊了些什么内容，最终都会慢慢转移到这个话题上来。说到这点，其实我也蛮佩服我妈的，她的语言能力特牛，不管聊什么都能往这儿扯，还不会让我觉得怪异。

而说到"买房"这个话题，其实我特想知道，觉得当下的生活只是苟且，想要追寻诗和远方的人，有多少是因为当下的生活真的枯燥无聊，一眼能看到头？又有多少是因为买了房子，房贷和生活压力让人觉得崩溃，想要逃离呢？

生活在一个经济高速发展的时代，不管是科技，还是我们的生活，都是日新月异的，而通货膨胀作为一个发展的附属产物，其实也迅猛演变。记得，我读小学那会儿，一块糖才两分钱，一百块钱足够一家人好吃好喝地过一个礼拜，而今一块糖，稍微贵一点的星空棒棒糖，差不多就要七八十块，而一百块钱也只够两三天的伙食费，还得是每顿饭都只吃十几块的盖浇饭的情况下。

对，我们现在的生活条件是好了，收入也高了，但物价的上涨已经赶上并超过了收入的增长，至于房价？它不能归咎于普通增长，从二〇〇几年开始，它就是乘着火箭往上飞的，用"飞速膨胀"这个词来形容，都觉得不够贴切。

所以，每次我都跟我妈说，我暂时没考虑过在上海买房，并不是买不起，只是觉得不值得。优秀地段的房价10万左右一个平方，这辈子都不一定买得起，至于偏远一些的地方，能支付得了，但是距离工作的地方太远，时间成本上根本不合算。每天上下班在地铁上度过三四个小时，这些时间完全可以拿来做很多其他的事情，比如看书，做顿饭，写点东西，或者做点其他什么自己喜欢的事情。

而且买房子以后，生活质量会下降很多，因为每个月的可流动的资金变少了，大半的收入都要投入房子里去。何况，租房也没什么不好，工作到哪儿，就可以住到哪儿，要是不喜欢了，可以随时换。这样经济压力少，有余钱的话，还可以每年出去旅行几趟，平时也可以买些自己喜欢的物件，或者上一些类似乐器或插花之类的培训课程。

每次说到这些，我妈都会说，你就知道玩。但是你也不能租一辈子房子吧，那样多不好，找对象都找不到。

我个人并不觉得租一辈子房子有什么不好，而且真心喜欢你的人，也不会因为你没买房而离开你。何况，省下买房的钱，两个人可以一起去做很多很多事。

当然双方家里都不会同意就是了，毕竟老一辈人的传统思想，就是要有房子，不能是租房，那不是自己的。其实，就算买了房子，也不过是七十年使用权，最终这些还是属于国家的。所以，房子其实并不是一个人生必需品，若是买房像买手机、电脑之类一样，不需要做一辈子房奴，我想愿意买的人只会越来越多。而不会像现在这样，越来越多的年轻人，不愿意买房，或者不愿意在大城市买房。

说到底，它原本不过是种选择，买不买也不过是理念差异，但现在却硬生生，被媒体吹捧成一种人生必备品，给无数人带来莫大压力。

人生，本是一场向死而生的路途，每个人都该有着自己的生活。强行让所有人按照同一种理念和模式去生活，是不可能的，总会有人反抗，也总会有人发现全新的生活。

有人会像小黄那样，追求着单纯的生活，为了家庭和子女生活，无关苟且，无关诗和远方，只是生活着，并享受当下，沿着社会主流的导向迈进着。

也有人会像莹莹那样，追求着自己想要的生活，所有喜欢和想做的事情都不放弃，在生活里找到契合自己的平衡点，生活在当下，也生活在属于自己的诗和远方。

还有人会像张小砚那样，在山中寻一处自己心中的桃花源而居，日出而作，日落而息，逢时节时，酿几缸桃花酒，邀人共饮，敬山，敬水，敬神明，敬自己，感激这世间所有，将生活过到简单极致。

我爸常骂我，你这小子，怎么总是要和别人不一样呢？你是个怪胎吗？早点买房结婚，成家立业，和大多数人一样生活，不知道该有多好。

可生活，它本就该有千万种姿态，这世间那么多人，许多人都在以自己的方式度过此生。我又为何不能是其中一员呢？所以，一边前行，一边寻求着一种属于自己的生活方式，有什么不好吗？

何况，真正的人身安全，不是一套房子能带来的，与其苟且于自己不想要的生活，为何不能从一开始，在生存着的同时就去追求呢？不管是追求诗意的生活和远方也好，还是追求自己所在的领域里能够到达远方也罢。

喜欢绘画，就去学画画；喜欢拍摄，就去学摄影；喜欢大海，就去学潜水；喜欢代码，就去学程序；喜欢花艺，就去学插花；喜欢旅行，就踏上路途；喜欢摆弄房子和家居，就去购置，喜欢家庭气息，就早日和爱人结婚成家，生儿育女。

所有让你不满意的眼前生活，都不过是苟且，那些你喜欢的和想追求的生活，才是诗和远方。

但这世上没有一样事物，是可以一蹴而就的，一口吃不成一个胖子，一时半会儿实现不了你的理想生活。不管是阿Sam，大冰，我的朋友们，还是任何一个在生活里找到属于自己平衡点的人，一开始的生活，都不会是现今这般模样。

所以，即便当下的生活不尽如人意，我们也要用心去生活，只有先立足当下，才可以一步步，走向自己想要的未来。一个连当下苟且都活不好的人，又如何能谈论诗和远方？

生活是眼前的苟且，也是诗和远方。

只愿，我们都能过好当下的生活，然后实现自己想要的生活。

第三章　生活平淡，心有繁花

别说没时间，那不过是个偷懒的借口

你，还好吗？

一个人，独自在外工作和生活，有没有不习惯？

会不会偶尔觉得孤独和寂寞，明明心里有很多话想说，但却找不到人倾诉？

有没有一些时候内心迷茫，不知所措，不知道自己想要些什么，不知道自己究竟要一个怎样的未来？

是不是，偶尔也会想，要是和家人一起生活的话，现在会不会就又不一样了？

至少每天回到住处，都会有热气腾腾的饭菜，不需要每天吃着油腻的外卖。家里也不再是冷冰冰、空荡荡的，每晚到家除了你养的两只猫，还会有人笑着迎接你。

周末的时候，也不会因为赖床不想起而饿肚子，不会因为你不想洗碗，就不愿意下厨做一顿自己喜欢吃的饭菜。

但终究，你还是一个人在外生活，虽然有着诸多的不便和辛苦，可你依然珍惜来之不易的独立和自由的生活。

一个人生活，需要独自面对和处理很多问题。

但只有一点是最重要的，我想知道，你有没有，好好地照顾自己？

一

今年是我独自在外生活的第四年，早已经习惯，在上海这座一线城市的工作和生活。

细想来，即便是刚到上海的那一年，对于和陌生人一起合租房子，一个人上下班，也并没有任何不适应，可能这与我曾经长达十年的住校生活有关。

朝九晚六，双休，带薪假，偶尔加班，这貌似是大城市上班族的基本生活节奏，虽然比不上公务员那般稳定，但至少算得上是规律。

除开上班的8个小时，睡觉的8个小时，还有8个小时属于我们可以自由支配的时间。虽然这8个小时当中，差不多有两个小时耗费在了上下班的地铁上，一个多小时是吃饭所必需的，但除此之外，依然有着不少的空余时间，而这些多出来的时间，其实可以用来做很多事情，锻炼、读书、写作、学习、做饭、播音等。

当然，一开始这些都只是美好的想法，事实却是，下班到家之后，不是躺在床上刷手机，就是看美剧、英剧、综艺节目之类的，直到深夜。

2012年，刚到上海的那一年，我就是这样的一种生活状态。除了上班，大多数时间都是窝在租住的小公寓里面，刷动漫和美剧，除非必要，几乎不出门。

并不是我不想出去玩，不想出去逛街买点东西，而是因为刚毕业，收入低微，又不想伸手向父母要钱，所以一直过得都挺拮据。而上海的消费又颇高，尤其是在房租就已经占据月收入2/3的情况下，仅剩1/3的收入还要维持一整个月的生活所需，自然不敢出门。毕竟在上海这样的城市，出门就意味着花费，交通和餐饮都不便宜。

连生活都相当拮据，自然也谈不上花钱买书之类的，纸质书的价格并不便宜，所以那一年也很少读书。至于锻炼，那时还并没有锻炼的意识，心想着自己还很年轻，身体挺好的，身材也没有走样，自然也没必要去锻炼。

老实说，其实刚毕业出来工作的那一年，想法还挺多的，想要写一本书，想要努力工作攒钱，然后在30岁之前环游世界，想要学一样乐器，想要成为手工达人，等等。

那时年轻，未经世事，甚至偶尔梦想着自己能够改变世界。但，实际上，那些想法最终一个都没能实现，甚至大多数都没能付诸足够的行动，想要写作，却很久没有读书，肚子里没有墨水，自然也写不出来什么东西，每天晚上对着空白的Word文档，很久都写不出一个字来。想要学一样乐器，可惜那时根本攒不下钱来买一样新的乐器，更谈不上报一个还算不错的乐器培训班进行学习，生活都成问题，自然也谈不了那么多。

如此，每一个下班后的晚上和双休的周末，就那样空荡着，被自己虚度了。

所谓思想上的巨人，行动上的矮子，莫过于此。那些你想去尝试和想去做的事情，根本不会有人去敦促你，它不像是中考、高考时，头上悬着一柄达摩克利斯之剑，不管你想不想去做，愿不愿去做，你都没得选择。

而那些没能付诸行动的理由，不过是为自己的偷懒所找的借口罢了。

想要看书，又暂时承担不了买书的开销，完全可以去图书馆借阅，上海的图书馆很多，其中大多数都是对普通市民开放的。实在不想去图书馆，也可以去书店和书城，在这些地方看书的人有很多。读书多了，心里自然会有些写作的底气，何况写作源于生活，是一条通往自身内心的求索之路，跟读书的多寡并无必然的关联，只有细致地去观察和体会生活，去倾听自己内心的声音，才能写出有灵性、接地气的文字。

二

当我醒悟时，已经是待在上海的第三年。

那时工作上开始有了更多的进步，待遇自然也有了增长。虽然涨幅并不是很大，但好歹开始让人觉得生活有了起色。

生活不再那般拮据，从之前住的小公寓里搬了出来，和人合租了一套两室一厅的老房。工作之外，开始大量买书和读书，颇有种要把之前那些年欠着没看的书都读完的架势。也是同一年开始在简书上，重新写作，虽然依旧写了很多言语稚嫩的文字，但好在重新开始记录生活，哪怕只是细微的一点，也是在向着"写一本书"这个目标迈进。

后来，某天在微博上看到，宫崎骏老师在洛杉矶好莱坞获颁奥斯卡终身成就奖。当下决定重温宫崎骏老师以及吉卜力工作室的所有动画电影，并写一些观后感。我花了大概半年的时间来做这件事情，终完成了我人生中的第一部既定主题的文字合集——《宫崎骏·吉卜力》。虽然内容只有短短的四万字，且绝大多数都是源自我的主观感受，阅读者也人数稀少，但好歹能够坚持写完，并记录我这半年来观看时的想法和心情，就足够了。

至少这是在工作之外，我自己想要做的事情，即便它的完成在写作这件事上只是阶段性的，但于我而言，也是莫大的鼓励。

再后来，在大半年各类文字絮絮叨叨地写了十三四万字之后，很长时间里我都觉得有些词穷，不知道该写些什么好。颇有种"江郎才尽"的感觉，虽然我根本冠不上"江郎"这样的称呼。于是，这之后继续每晚在家读书，听音乐，心想着的，却是好不容开始变得勤奋起来，莫要再被懒惰所吞噬。

那时的我没有想过，自己会被电台这种形式的有声节目所吸引，并在此之后成为一名情感电台主播，到现在已经坚持出了一百多期节目，且将来还会继续下去。

有时不得不感慨，人生在世其实挺有趣的，你喜欢和想要做的事情，即便现在没能出现在你的生活里，将来也一定会以一种极其巧妙和偶然的姿态出现，就像是那天晚上我坐在床上读书听歌时那样，一期电台节目偶然出现在歌单里，并深深地吸引我，让我觉得声音是深情且有温度的。

这年生日，我给自己换了一部新的手机，算作是给自己的生日礼物。原来的手机因为老旧，功能落后，已经不能满足自己的需求了。当然，换部新的手机，对于我而言，最大的作用——是我可以开始尝试着做电台节目了。

那时的我还不知道干音和后期之类的东西，只知道荔枝FM的APP貌似挺好用的，可以用来在手机端录制合成并上传电台节目，因为它打着的宣传语就是"人人都是主播"，所以新手机到手之后，我就正式开始了电台节目的尝试。

新鲜的事物，总是有趣的，让人愿意花费时间和精力去了解它。之前对于电台广播，我的认知一直停留在广播调频的年代，觉得只有无线电才能接收广播信号，让人不由想到年少时，乡镇里那种悬挂在高处进行着计生办之类宣传的大喇叭。

而现在的电台，却是已经开始朝着网络电台的方式转变，网络主播并不需要如同那些科班生一般，经过专业的学习和训练，跨越很高的门槛，才有资格成为一位电台主播。只要你愿意，并有一台功能还算不错的智能手机，就能够成为一名网络电台主播。

当然，录音和播音，并不是一件很容易的事情，刚开始那会儿，我遇到了不少难题，比如，一直觉得自己还算不错的普通话，到了播音的时候却开始口胡、吞字、吐词不清晰；如何选择一个好的主题来做一期节目；怎么样选择更贴合文章情感的音乐；等等。

这世上，想要在一件事上做得好，没有任何捷径可走，除了不断地努力和尝试，我们别无选择，学习是这样，写作是这样，播音也是这样。当然可能有些人，在某件事情上有着特别好的天分，他只花比我们少得多的时间，却可以做得比我们更好。但造物主是公平的，某些学习很好的人，可能在体育上就很糟糕，某些唱歌很有才华的人，可能在生活上却一塌糊涂，某些全球著名大公司的高管，可能在对待感情的处理上却相当白痴。每个人都有自己的闪光点，不要过分在意别人最优秀的地方，而忽略了自己的长处。

后来，我花了一个季度的时间，才把电台节目录得像模像样。当我发现原来手机录制的音频，在效果和清晰度方面都不够好之后，咬牙从每个月的生活预算里预留了一部分，分期购置了比较专业的录音设备。

"工欲善其事，必先利其器。"古人尚且知此道理，现代人又怎么可能不懂。在明确自己喜欢，并且愿意把业余时间空出一部分来做电台节目之后，必要的一些花费都是值得投入的。而后，抽时间学习比较专业的录音和后期处理软件，也被提上日程。

之后的每一期节目，听着自己更进步一些，得到更多人的赞同和认可，便是对此付出最好的回报。

三

记得有次跟一个网配圈的后期聊天，她总跟我抱怨说工作太忙了，没有时间做剧，不知道什么时候才可以出demo，真是抱歉让剧组里的小伙伴等了这么久。

我问她："你每天下班之后大概几点到家？会做些什么？"

她说："我到家都蛮晚了，差不多八点的样子，再吃个晚饭就更晚了。"

我说："其实也没有很晚啊，估计也才9点多的样子，就算是11点睡觉，还有一个多小时呢，每天一个多小时可以做很多事情呢。如果拿来做剧的话，估计用一个多月就能做好了。"

她发来一副出汗的表情说："每天白天上班都那么累了，晚上回家什么都不想干，还不如吃吃水果，看看综艺呢。"

我说："坚持这事儿，是要看个人，毕竟每个人感兴趣的事儿不一样，想要做的事也不一样，并不是任何人都愿意如同修行一般生活，哪怕人生就是一场修行。我在每天上下班的地铁上看书，一周至少能看一两本书，周一、周三、周五晚上写作，周二、周四晚上跑步和录音，周末偶尔去游泳或者去周边旅游。有时也会偷懒什么都不做，在家躺着看小说，吃吃喝喝。但即便有时偷懒，依然能够多做很多事情。"

看到我的消息，她表示无奈说："我挺佩服你的，不是每个人都能这样高效利用时间，我还是像现在这样就好，下班在家觉得累了就什么都不做好啦。放心，我不会坑剧的。"

对此，我表示无话可说。时间觉得不够用，可以重新进行细致分配，这样能够节约不少时间，但人要是想偷懒，就真的没有办法了。每个上班族其实都一样，白天上班都很累，晚上回家也想偷懒，什么都不想干，躺在床上看手机，看综艺，不知道有多快活。

我忽然想到网上常说的一句励志鸡汤，大致意思是，你想要成为什么样的人，或者你能成为什么样的人，并不是看你每天上班8小时做了什么工作，而是看你下班之后的8小时做了什么。

绝大多数人，这8小时都是舒舒服服度地过，不苛求自己学习新的东西，或做更多的事情。但有些人，他们就是不满足和安逸于现在的生活，他们有自己想做的事情，或许可以称之为理想，这些人并不打算浪费业余时间，所以他们当中有不少人写书出书；有些人理财赚钱；有些人进行网络配音，之后转战商业配音，做起了自己喜欢的行业；也有人成为网络电台的主播，被无数粉丝簇拥和喜爱。

诚然鸡汤和励志，这些东西并没有什么用，甚至看多了会让人觉得厌恶和乏味。但如果你愿意如同那些鸡汤和励志里说的那样，去改变自己，去努力的话，生活定然会有所不同，因为注入了新的活力，必然会掀起涟漪。

即便某些事情，努力了并不一定能改变，咸鱼翻生了依然是一条咸鱼，但至少多年以后，我们会庆幸，自己度过的并不是那种一眼就可以望到头的一生，亦没有辜负那大好时光。

不过，说白了，选择和坚持这事儿，最终还是要看你自己，就如同锻炼和减肥一样，中途放弃的人不知凡几，但能一直坚持下去的，就算没有窈窕身材，也有一个健康的身体。

四

这是我在上海的第四年，过得挺好的，虽然刚开始那两年，我没能好好照顾自己，这两年依旧做得不算好，但生活好歹在往一个好的方向走。

工作上，有了还算可观的薪水，物质生活上开始变得更好一些，即便大多数时候依然吃着油腻的外卖，但在天气不炎热的周末，偶尔会去菜场买一些自己喜欢吃的东西，亲自下厨。会在换季时，去买上几件喜欢的衣服，不像前两年，都舍不得。每当电影院上映一些自己喜欢的新电影时，也会买张票去支持一下，今年已经看了不下20场电影，谁会想到在一年之前，我连一张打折的电影票都舍不得买。

心也有处安放，不再茫然不定，工作之外，也有着自己的坚持。

每天看书，不是捧着Kindle，就是翻着纸质书，毕竟读书是最让人感觉放松和快乐的方式之一。

经常写作，之前一些一直想写，但却犯懒拖延的文字，在手指下逐渐成为一篇篇成形的文章，不用再担心那些念想和心迹，因为岁月变迁而被遗忘。

定期录音，电台节目依旧定期上线，即便有些时候因为旅行或者其他原因而人不在上海，也会提前录好节目并定期发布。节目的内容，也开始随着对电台的深入了解，逐渐调整和变化，希望自己的声音能够更贴近听者的心，引导着听者走向内心深处。

当然，最重要的是，我终于开始不再抱怨没时间，不再抱怨没时间下厨，没时间锻炼，没时间读书，没时间吃早餐。

曾经有很长一段时间，我都在抱怨没时间，没时间做这，没时间做那，其实我跟朋友抱怨没时间的时候，自己多半不是在刷微博，就是在刷朋友圈。也曾后悔自己读大学时浪费了四年时光，错失了做很多事情的机会。有时总和朋友说，如果我读大学的时候，做这就好了，如果我读大学的时候，做那就好了。可世界上，并没有那么多如果，假设这是世界上最不靠谱的谎言，甚至连你自己都无法欺骗。

所幸，这些自怨自艾，在我专注于当下，并不再找借口继续偷懒之后，逐渐消失。

我关闭了微信朋友圈，专心于自己的生活，工作、写作、读书、锻炼、录音，生活开始平淡而充实，不再被那些身边人的杂乱信息所纷扰，虽然有时会因为关闭朋友圈错过一些消息而尴尬，但我知道，自己喜欢现在这样的生活。

每个人都有着自己的生活，你羡慕不来，也无法模仿，所以与其过分去关注别人的生活，不如专注于自己的生活。

五

最后，来说说，那些选择在故乡生活的人吧。

他们多半早早成家立业，结婚生子，虽然有时也会跟我抱怨结婚太早了，现在有点后悔，觉得不自由，想要做什么都不行，有人管着，想去哪里都不行，有个孩子拖累着。随即羡慕我每年都出去旅行，去了很多地方，还做自己的电台节目之类。之后，还信誓旦旦地说着自己也要做出一些改变，诸如此类。

但当他们从与你的谈话中回归平常生活之后，依然与此之前并无不同。所以，他们终究还是热爱自己现在的生活，就像现在的我一样，即便偶尔会有一些抱怨，那也是生活压力所迫，毕竟人的情感并不都是正面的。

不过，无论你是像我一样，一个人在外工作和生活，还是像我的那些朋友一样，在故乡跟父母一起生活，最重要的，都是要好好照顾自己，不仅仅是在物质生活上，更要在精神和心灵上富足，毕竟最了解你的，只有你自己。

照顾好自己，并不是一件简单的事情，但衷愿你我共勉。

少一些抱怨，多一些行动，别总说没时间，那不过是个偷懒的借口。有什么想做的事情，就去尝试，有什么想见的人，那就去见，有什么想去的地方，那就抽时间去。如果你总说没时间，没时间下厨，没时间锻炼，没时间旅行，没时间读本书，没时间吃早餐，没时间回家看看，直到有天你会发现，你连后悔都没时间……

今天的回忆不可替代

嘿，可以悄悄地问你一件事情吗？

不愿意回答的话，也没关系。

你有多久没有记过日记了？上一次写日记，是什么时候，你，还记得吗？

好吧，写日记是一件很私人的事情，我知道，这样直接的询问显得有些不太礼貌。

最近遇到不少事情，想到了许久不记的日记，所以想问问你，有关于记日记的事情。其实，我并没想过，你会回答我，我只是想，让读到的你，也问问自己这个问题。

因为，我最近问过自己……

一

上一次写日记，还是小学时候的事，那时流行一种带着锁的日记本，封面精美的笔记本右侧，有着一把小小的锁，看上去异常精致。

每一天我都会把发生的事情记录在小小的日记本里，虽然绝大多数时候，记录下来的都是，"今天妈妈给我买了一个糖，好好吃""今天跟班上的某某某同学吵架了，他居然把我的课本丢在地上，我以后再也不要跟他一起上下学了"或者"同桌真是太讨厌了，课桌上的三八线明明是她画上去的，说好了互相不能越过那条线的，她还要超过来，女孩子真是不讲信用"之类的话语，现在想来与其说是记日记，不如说是记流水账。

其实读小学的时候，哪个小孩会闲着没事记日记呢？有时间的话，还不如放学之后多一些时间跟邻居家的小孩一起玩耍。何况那个年纪的孩子，心思单纯，生活简单，并没有太多值得记录的事情。但那时记日记是语文老师布置的一项长期作业，每周都会抽查一次，他们觉得写日记有助于提高学生的写作能力，所以老师会要求我们记录每天发生的事情，即便这种记录绝大多数时候都是流水账。

那时我们还太小，并不知道日记是一种很私密的物品，更谈不上维护自己的隐私权了。也不会有老师或者家长来教导你，要懂得捍卫自己的权利，在他们看来掌控学生或子女的生活和想法是天经地义的事情，用父母常说的一句话来概括的话，那就是——"我是为你好"。

再后来，又长大一些之后，开始察觉，并不是所有的事情都要坦露给别人看，有些想法更适合隐藏在心里，成为自己一个人的小秘密。

于是，从那时开始，我有了两本日记本，一本是要交给学校的语文老师定期检查的，多半依旧写的是流水账，或者是说某某某老师的好话。而另外一本，才是自己真实的日记，记录了自己内心真实的想法，包括对老师和父母的小情绪，还有对某个同学的内心悸动。

当然，那时候，我还不懂类似"小情绪"或"内心悸动"这样的词。所以日记的内容，多半都是"爸妈根本不理解我""某某某老师根本不会从我们的角度来想问题"之类的。

其实，我并不是一个很聪明的孩子，至少在学习上并不是很有天赋，尤其是在理科的学习上。

读小学四年级那年，期中考试，100分的数学试卷，我只考了40分，数学应用题几乎是全军覆没。那天晚上数学老师给我爸妈打电话的时候，我躲在房间里读《故事会》，正看得起劲。我妈打开房间的门进来，看我在读闲书，一把夺过我手里的《故事会》，顺手就拧着我耳朵道："你知道你期中考试数学只考了多少吗？"

看她气呼呼的样子，我不敢说话，虽然耳朵被她揪着，真的很疼。"100分的数学，你居然只考了40分，你还真有本事啊！还在家里看闲书，还要不要学习了。"

老妈一边骂我，一边揪着我耳朵下楼，老爸接过老妈手里的《故事会》，直接用火钳夹着就放在炭炉上点着了。那时我眼里含着泪水，但是不敢说话，只能眼看着我心爱的故事书被一点点烧成灰烬。

打也打过了，骂也骂过了，该烧的也烧掉了，之后我一个人回房间做作业。

从抽屉里掏出日记本，我开始控诉爸妈对我不能理解的失望，边写边掉眼泪。我数学不好，是一直以来都存在的问题，尽管我非常努力，参加了很多补习班，做了很多习题，但依然没有太大的进步。我需要花费比别人多得多的精力，才能勉强及格。

后来第二天晚上，当我从数学老师家补习回来时，打开房门，刚好看到，妈妈在偷看我的日记本。我不知道当时自己哪里来的勇气，哭着冲上去夺下了她手上的日记本，直接就把日记本撕碎了。

我哭道："你为什么要偷看我的日记！那是我的隐私。"

妈妈说："什么隐私，你是我儿子，我看你的日记天经地义，你还想背着我有什么想法不成，你要知道，我都是为你好。"

自那之后，我没有再写过日记，因为我觉得日记本不管藏在哪里都不安全，还不如让那些事、那些情绪烂在心里。

我不知道你是否也有过这样的成长经历，但我希望你没有，我希望你的父母能像尊重一个成年人一样，去尊重你，尊重你的隐私。

二

初中时，我就读于一家市里的私立民办初中，住校，军事化管理，每个月放4天假，早上五点半上早自习，晚上10

点半下晚自习。因为课业繁重，并且没有私人空间，所以我几乎不记日记，哪怕心里有很多想说的话，有很多困惑，悸动和迷茫。

即便偶尔会在某些本子上写下只言片语，或者一些大段大段的心情，也会在写完之后撕碎，丢掉。因为班主任老师会在课间操或者晚自习下课后，翻学生的课桌，那时不少学生间的暧昧和懵懂，都是这样被扼杀在摇篮里的。

有些走得太近的异性学生，或者正在"谈恋爱"的学生，会被在全年级、全校通报批评，更有甚者在每周一国旗下讲话的时候，被拉上去读保证书。那是一件极度伤人自尊的事，我们班有个女生就因为被这样伤自尊，最后转校走了。

在青春懵懂的时候，该有的引导、解说和尊重，一样都没有出现。我们当中的一些人，只能在这样的处理下被"杀得丢盔弃甲，哭得溃不成军"。

高一、高二时，语文老师要求每周写一篇周记，这次和小学时候的日记不一样了，有了字数要求，也有了上交时间，每周五语文课代表会把所有的周记本收上去，给语文老师批阅，下周一会统一发下来。

周记不再像日记一样具有私密性质，而且我想也没有哪个高中生会蠢到把一些不该写的东西写上去。所以这时的周记更像是小作文一样，锻炼我们的写作能力，毕竟江苏高考的模式特殊，语文作文在总分里占据着很大的比例。

高中的课业负担要比初中重得多，所以那时什么暗恋啊，迷恋啊，怨恨啊，等等，所有的内心情绪都要给升学让道。除了学业，没有人会有多余的时间可以花在其他地方，即便有些人在学习上颇具天赋，也不敢太过松懈，因为一旦你松懈了，就会在年级和班级上被排名靠近的人赶超过去。

那是生活充实，内心丰盈的三年，不过有些可惜的是，那时真的没有时间写日记，有很多事情因为没有记录下来，现在已经逐渐在时光的消磨下，开始变得支离破碎，怎么想也想不起来。

有时我觉得，记日记，真的是一种习惯，有了习惯之后，如果哪天没做，就会觉得像是缺了什么，感觉浑身都不自在，一定要趁着自己还记得，把之前因为忙碌没时间写的日记，清晰地记录下来。但想要形成一种习惯，需要花费很多时间。

因为没有记日记的习惯，所以大学四年几乎就没写过日记，甚至就连随笔也写得甚少，大半空闲时间被游戏和睡觉填满。而毕业工作之后，更是觉得每天上班辛苦，好不容易下班到家，恨不得一觉躺倒在床上，睡到天荒地老。

有多少人跟我一样呢？

有些事情，明明很想写下来，有些心情，明明很想诉说，但我们总是以忙碌和疲惫为借口，无限制地拖延着。直到后来，我们自己都已经记不清当时发生了什么，也忘记了当时的自己怀揣着一种怎么样的心情。

三

前两年，老家房子重新装修的时候，家里一些老旧的破家具都被清理出来。

当时从我的房间里，整理出很多学生时代的物品，有小学时代的课本，初中时代的练习册，至于高中和大学时代的课本，那些东西早已经在毕业时当成废品处理掉了，其中一些可能有用的也送给了下一届的学弟和学妹。回家的时候，干净得好像除了时光和记忆，以及那一纸证书，就再没有其他东西能够证明我们曾去过一般。

当我从一大堆老旧课本中翻到小学二、三年级的日记时，心里有种如获至宝的感觉。小小的笔记本上，铅笔写就的，歪歪扭扭的字迹早已经变得模糊不清，但其中有些依然可以分辨出来，当我看到"今天妈妈给我买了一块很好吃的糖，今天真开心"这篇日记的时候，直接就笑出声来了。

现在那本破旧的日记本，放在我房间的书橱里，跟其他我看过的新书摆放在一起，显得有些格格不入，但，那是我年少时，最宝贵的财富。

我已经很久很久没有写过日记了，大概有14年或者15年了吧。

日记的载体也已经从日记本，逐渐转移到电脑或者网络云储存上，除了电脑上的Word、Page、Txt，现在还有很多便捷的手机APP可以用来记录，如简书、Zine、LOFTER、icity、备忘录。虽然工具越来越便捷，但想要写日记的欲望却越来越微小。

最近看到别人的日记，觉得颇为感慨唏嘘。那些简短的文字和清晰的图片，记录着他们的生活，某一刻想说的话，某一天想诉说的心情和想记录下来的事。那种旁若无人的随意，那些爱过恨过淡忘掉的时间，以及那些生活里微小的闪着光的心迹，这些都会陪伴着他们，在人生的道路上一起远走，成为他们将来最宝贵的财富。

　　看到这些，有时我也会想，如果那些年我有写过日记的话，就不会忘掉那么多事情，不会忘记那么多人，我已经逐渐遗忘他们的样子，记不清他们的名字，也记不起那些年的自己是什么样。如果这些年我有写过日记的话，就不会忘记那些当时对某些人的心动和失望，不会记不起自己的落寞，也不会不记得我养的两只猫究竟有多大了。

　　可世界上，并没有如果……

　　记忆就像是一个固定内存容量的移动硬盘，总有会塞满的一天，而随着的岁月变迁，生活往前，为了记住新的东西，我们总会在不自知的情况下，忘掉一些过去的回忆。而在将来的某一天，记忆这个硬盘终会因为难以修缮，内存变得越来越小，能记得的事情越来越少。所以，如果有些人，有些事，你不想在将来的某天忘记，那就记下来吧，以你喜欢的方式。

　　对于现在的工作和生活，我们常说的就是"每天都在重复""日复一日，年复一年"。

　　其实，生活每天都是不完全一样的，吃过的食物，说过的话，遇到的事情，见过的人，总会有着它的变化，即便细微，却也不同。

如果你想要发现这些细微的不同，那就尝试花点时间去记日记吧，每天写一点，不管你是记录在日记本上，还是记录在电脑上或是各类手机APP上，只要是你的生活，随便你怎样去叙写。

不写日记的生活，今天可能和昨天也差不多，而你一旦开始写就会发现，原来每一天的回忆都不可替代。

坚持做一件事的原因，往往只有一个

一

这两三年里，有一个问题让许多人争论不休，直至现在都无法得到一个既定的答案，那就是"你愿意选择去大城市打拼，还是待在小城市生活"。

争执双方各持己见，想要去大城市打拼谋求发展和更好生活的人，叙述着"为什么我就是想去大城市受苦受累"，更多的机遇，更好的教育和医疗资源，更便捷的基础设施，更容易接近自己的梦想，这些都是原因。

而想要待在小城市生活的人，觉得这样能够更多时间陪伴在亲人身边，毕竟父母亲人年事已高，待在同一座城市，才能够更好地照顾家人，出现突发状况时，能第一时间赶到。何况他们在一座城市生活了很多年，这里有自己的绝大多数朋友，稳定的人际关系，熟悉的生活环境，更小的生活压力，这些都能够让人活得足够"舒坦"。

表妹今年26岁，已经是两位孩子的母亲，大女儿今年4岁，开始在幼稚园接受基础教育，小女儿尚在襁褓之中。她待在老家的小县城生活，至今暂未工作，在家当着全职太太，相夫教女。

表妹大婚，是在我们毕业的那一年，当我们不少人还在挣扎着是独自一人去大城市打拼，还是听从父母的安排和要求，留在小县城安安静静地生活，早些生儿育女，尽享天伦之乐时，她和她丈夫就已经做好了选择。

就像不少人羡慕的那样，他们在毕业后，就跟自己恋爱多年的人步入婚姻殿堂，组建家庭，生儿育女，过上简单、安定却又充实的生活。

和表妹从小一起生活长大，一直以来都觉得她是一个比较质朴和简单的女孩子，顺从父母的意思，几乎不给他们添麻烦。所以，毕业那年，当她告诉我要结婚的时候，我是有些吃惊的。那时，我心想着即便是一毕业就开始相亲，处对象，也不可能这么草率就决定结婚啊，毕竟婚姻尚算是人生中一件比较重要的事情，需要慎重对待。

似乎是看出我的"目瞪口呆"，表妹对此做出了解释，让我这个不太称职的"哥哥"知道，她的婚姻并不是草率决定，而是已经经历了多年的时光洗礼和考验。

表妹和妹夫恋爱是在高中，他们是高中同学。

高中三年，同班，大学三年，异地。

从青葱年少到逐渐成熟，从朝夕相伴到异地相守，历经了六年时光，虽然他们还没体验过所谓的"七年之痒"。但结婚的这一年，刚好是他们在一起的第七年，他愿意娶她，她愿意嫁他，我想这就是最好的答案。

想来，我这个做哥哥的，可比妹妹"差远了"，"早恋"是什么全然没有体验过，即便那时对于同龄女生的怦然心动，都未曾有过，几乎所有的精力都放在了学习上，根本没有多余的心思去关注其他，我想所谓的"书呆子"，说的便是像我这种曾经只知道一心学习的傻家伙。

记得，表妹大婚的那晚，她身着大红色的盛装和妹夫两人一起迎送宾客。家中喜宴，我在台上唱了首许诺的《爱你比永远多一天》，并对妹夫说"希望你能爱她如自己的身体发肤，不求永世，只希望能比永远多一天"。

　　而后第二年，表妹生产，我特地请假从上海回去探望。

　　至今我依然记得，当我们在产房外焦急等待时，妹夫脸上的不安。当护士们抱着婴儿，推着刚生产完的表妹从产房出来时，双方长辈都簇拥着去看婴儿，而妹夫却是连瞥都没瞥一眼，就走过去握住妹妹的手，说了两句话。

　　第一句是"你辛苦了"……

　　第二句是"不管是男孩，还是女孩，都是我们的孩子，我会像爱你一样，爱他"。

　　至此一幕，我就知道，表妹得遇良人相伴。

　　如今，他们已经结婚五年，虽然表妹二胎依然生的是女儿，这让"重男轻女"观念极度严重的妹夫家里，非常不满，公公在得知儿媳妇二胎依然生的女儿时，就未去医院探望过，但妹夫依然像多年前我第一次见他时对她那样好。饭桌上，都是他抱着婴儿，照顾着大丫头，让妹妹先吃东西，等她吃得差不多了，自己才开始吃饭。有时我打趣他，他也只是憨厚地笑笑。

　　前段时间，我从国外旅行回来，表妹表示对我的生活无比羡慕时，我曾问她："你后悔过留在老家生活吗？如果你同我一样来大城市生活，可能现在的生活就全然是另一种样子了。"

她笑道："羡慕你，是真的，不过我在老家待得挺好的，等小女儿上幼稚园了，我就去找一份工作。尽管每天待在家里带带小孩也挺好的，但总觉得继续这样下去，整个人就荒废了。虽然我现在是两个孩子的妈，不过我也还年轻，没想过就这样过一辈子呢。"

"有想法总是好的，别看你羡慕我，我在外面也挺苦的，而且按照国人的成功和幸福标准，相比我，你才是人生大赢家，好不好！"

看我略带调侃，表妹表示对我相当无语："你就嘚瑟吧。"

二

和表妹的选择不同，毕业那年，我只身一人到上海打拼。

其实说来，刚开始时，我到大城市生活的原因，可能跟大多数人不太一样，不是为了更多的机遇，更高的薪水和更便捷的生活。仅仅是想尽可能地远离父母，这样才能让他们不过多地干预我的生活，还有就是，曾经因为某些作家的文字，而对上海这座城市，有过向往。

老实说，刚到大城市时，我过得很不好，生活也不如想得那样自由。

到上海的第一年，我的薪水是税前三千，到手两千多，那时上海的房租差不多是一千三四的样子，押一付三。地铁很便捷，但交通费用也颇高，所以在上海生活，除去房租和交通费，我的薪水勉强够自己吃饭，不够用的时候，也曾向关系很好的朋友借过钱，过了许久才还上。那时除了上下班，自己几乎不出门，活动范围仅局限在公司周围和自己居住的小区周边，没事不出远门，因为出门，就意味着消费，但当时的我并不具备消费能力。那时我在上海生活，却像生活在小县城一样。

每次和老爸老妈通电话时，他们问我在外面过得怎么样，我总会跟他们说，过得很好，不需要太担心。就像绝大多数在大城市打拼报喜不报忧的年轻人一样，我嘴上说着自己过得很好，实际上却过得很艰难。父母也知道我的性格，只要是自己的选择，就算有苦也不会说，所以有时回家，他们总会找着借口给我生活费，希望我独自在外能过得好些，生活上不要太拮据。

那段时间，也曾想过要不就放弃自己的坚持，回到自家所在的小县城生活，家里有房有车，在镇上只要能找到一份月收入两三千的工作，就可以安然地生活。但挣扎，纠结，彷徨不安之后，却依然坚定地留了下来，没有什么大道理，也并没有想太多，只是希望自己一个人，也能好好生活。

今年，是毕业的第五年，我先在上海待了一年，后来去南京待了不到一年，然后又回到上海至今。我做过外贸专员，当过超市百货部门的经理助理，在仓库搬过重货，落下腰肌劳损的毛病，充当过公司前台接待，也做过客服销售和活动后勤经理，拿过一个月最低不到一千块的薪资，有过每天只吃一顿饭的经历。就像很多在大城市打拼和挣扎的年轻人一样，经历过很多学生时代未曾想过的事，也面临过理想和现实的巨大落差，被公司的同事穿过"小鞋"，历经不少挫折和磨难。如此种种类似的经历过后，有些人选择回到家乡生活，有些人和我一样咬牙留了下来。

人生的一个又一个岔路口上，面临不同的道路，不同的人做出了不同的选择，而不同的选择指引我们去往不同的未来，无所谓成败得失和是非对错，没有在我们身边同我们并肩而立的他人，没有资格"指点"和"评判"我们的坚持和选择。

而今，在上海的第五年，我勉强达到了网络上对于"白领"的标准，拿着尚算可观的薪水，过着朝九晚六的双休生活，虽然在上海买不起房，但却过得相对自由，偶尔旅行，有时间就去做自己喜欢的事情。在未成家之前，生活围绕着自己而转，尽管也有着不小的压力，但依然悠然着自己的生活。

就像表妹享受自己小城市的安定生活一样，我也热爱着自己在大城市的生活。

三

阿磊，1987年生处女座，职业IT，29岁，未婚。

阿磊是我在上海的朋友，在一家金融公司做互联网开发，他这样的年纪在上海并不算大，该说是尚处在事业上升的黄金期。虽然用他自己的话来说，自己只不过是一个IT民工而已。

IT付出着比其他大多数职业从业者更多的时间和心力，自然也拿着颇高的薪水，尽管在我们很多人看来，他们是在用健康换取金钱，但生在这样一个时代，又有多少工作是既轻松又高薪的呢？即便是以前号称"铁饭碗"的公务员，现今也面临着比过去更多的竞争和待遇降低的风险，更何况是其他职业。企业的本质，说白了就是资本的积累和盘剥，想要获得更好的待遇和薪水，自然要给公司创造更多的收益才行。

按理来说，像阿磊这样月收入五位数，且适龄的男性，在国内应该早就成家了才对。但他却一直保持独身，这并不是说他不想结婚，也不是说他有什么生理上的障碍。

他说，结婚是一件神圣的事情，如果不能和自己爱的人结婚，那还不如一辈子单身比较好。这是对自己负责，也是对别人的人生负责，尽管对于自己的父母而言，这是一种"不孝"，是一种"大逆不道"，但，每个人都有自己的坚持和原则，只要自己无愧于心就好。

何况，他说，在上海和其他城市，像他这样有着同样坚持，不愿意妥协和伤害别人的人，还有很多，至少于此，他不是孤身一人在坚持。

四

冰冰，1991年生天蝎女，生活于南京，自由职业者，梦想环游世界，并正在路上。

我和冰冰认识，是2012年，在拉萨的风马飞扬客栈。那时，我在毕业旅行的路上，她是大三暑假期间旅行。那是我人生中的第一次旅行，而冰冰也是如此。

那时我住在风马飞扬一楼的8人间，冰冰住在隔壁的4人间。在拉萨的生活很悠闲，太阳升起的时间很晚，所以我们起得也晚，大多数人的活动时间多半是从早上9点开始，到晚上11点结束，偶尔有人深夜在外面喝酒，客栈也会留门，回来的人多半会轻手轻脚，不吵醒已经睡着的其他人。

在拉萨待了大半个月，偶尔出去闲逛，多半时间都是待在风马飞扬的二楼天台上，坐着发呆，喝酥油茶，看看书，打台球，或者想自己的心事。风马飞扬的房子不高，但只要是在拉萨城里，不管从哪个角度去看，都能看到远处的布达拉宫巍然耸立。

我和冰冰就是在这样喝着酥油茶，看着布达拉宫发呆的日子里，渐渐熟悉起来的。旅行的人，总是有着讲不完的话题，天南海北地聊着，从旅行到生活，从梦想到现实，甚至有些深藏于心的秘密也会坦言。从陌生到熟悉，从相遇到分别，在路上的人总是反复经历着这样的境遇。

那时，尚是大学生的冰冰告诉我，她想要环游世界，不过是把它当成一个不太可能实现的梦想。因为旅途中遇到过太多人，他们说着梦想环游世界，但很多人最终都未能去实践，他们人生中的第一次旅行，大多都成了最后一次旅行，现实生活有着千百种方式让人知道，想要实现这样的梦想有多艰难，何况梦想的浪漫主义情怀，最终还是需要建立在现实的物质基础之上，即便秉承着"穷游"的方式和信念，"花更少的钱，去更多的地方"，也还是需要花钱的。

而今，距离我和冰冰分别，已经过了四年。她从学校毕业后，并没有正儿八经地去找一份全职的工作，而是开始打工旅行。作为一个女生，说服自己的父母理解并支持她，天知道有多艰难。但她最终依然义无反顾地踏上了旅途。

从沿海到内陆，从新疆到西藏，从国内到尼泊尔、印度、斯里兰卡，她一个人，走得越来越远。她做"文玩"，做代购，像是古代和小说中的"行脚商人"一样，把一些地方的特色带到另外一些地方售卖，即便现在做类似生意的人很多，但她一个女生也做得有声有色。

当我还在上海拿着一个月四五千元薪水的时候，她已经开始月入近万元。艰难地赚到人生中的第一桶金之后，开始越做越顺。虽然每次旅行回来的售卖和配送都很辛苦，但她乐于这样的生活。在我人生中的第一个十万还遥遥无期时，她已经开始和别人谈论着投资什么样的"旅行项目"，会有比较多的收益，会有比较稳定的时间出去旅行。

那时她和我的另一个朋友都在考虑，在宁夏、新疆投资建立或盘下一家青年旅社。虽然相比在大城市的互联网创业和金融投资赚钱慢，但投资少，风险也小很多。何况相比于给别人打工，她们都更喜欢自己当老板，不但自由也比打工赚钱多，虽然会很辛苦。

东南亚旅行之后，冰冰计划着去中亚、欧洲、美洲，想去冰岛看极光，想去爱琴海看日落，想去自驾澳洲的大洋路。

她说，趁着自己还年轻，在30岁之前要尽可能地走出去，去自己想去的任何地方，看那里的风景，感受那里的生活。在这之后，回归到生活里来，寻求自己并不讨厌的安稳，然后每年趁着休假时带着父母一起出去旅行。

多年前，冰冰眼里闪着光亮跟我说她的梦想，那时我以为她会像很多人那样，梦想屈服于生活，最终所有的出发和抵达都无法实现。但现今，她却是用自己的坚持告诉我，她还在路上，梦想，也还在一步步快要完全实现的道路上。

五

坚持一个决定，坚持一种信仰，坚持一个原则，坚持一种生活方式，坚持一个梦想，坚持一种理念，坚持爱一个人，坚持……

我们坚持一件事情，坚持一个想法，坚持一种选择，并不是因为这样做了会有效果，而是坚信，这样做是对的。

就像有人坚持留在小城市，有人坚持去大城市打拼，有人坚持不做与自己原则相违背的事情，有人坚持去实现自己的梦想一样，这世上有太多太多的人，而每个人都有着自己或许与他人相同，抑或是完全不同的坚持。

虽然并非所有的坚持，都能有始有终，也并非所有的坚持，都能给自己和他人带来快乐和幸福，但总有人始终坚持着。

荒废的电子琴、练到一半的跆拳道、落满灰尘的蜡笔盒、只用过一次的健身卡，诸如此类物品无声地叙述着一些人的放弃和妥协。

与此同时，也依然有人坚持运动，坚持写作，坚持跳舞，坚持绘画，坚持学习新的事物。

于此，旁观者其实毫无资格去评述他人的好坏与对错，因为这些人并没有坚持过他人所坚持的事情，也没有历经过他人所遭遇的境况，所以旁观者只要旁观便好。

生命是场马拉松，在岔路口是往左还是往右，是去往红尘喧嚣之地，还是去往寂静无声之所，这些都只有奔跑的人自己可以去选择和坚持。

我们都是厨师，拿无聊的生活做菜

一个人，一生当中有1/3的时间，是在睡梦中度过的。

剩下2/3的时间，会被学习、工作和休闲娱乐所填满。

在这忙碌着的2/3的时间里，又有多长时间，会让人觉得无聊呢？

我想，每个人的答案，肯定都是不一样的，因为每个人觉得无聊的心理标准不一样，就像是做同一件事情，有些人觉得是无聊，浪费时间，但，另一些人却乐在其中，享受着每时每刻。

无聊，是一种很特别的情感状态，它不像是快乐或悲伤之类，有着缘由。无聊，它是毫无缘由的。一个人觉得快乐或者难过，肯定是因为发生了一些事情，让人产生这样的感觉，但无聊却不是如此，它是无中生有的，任何一件事情，包括学习、工作，甚至娱乐，乃至生活本身，都会让人觉得无聊。

　　一直觉得，无聊，不像是喜怒哀乐那样，是一个人生来就具备的，它是在后来的成长和生活里慢慢出现的。

　　小的时候，我们是快乐的，只有偶尔被父母责备时，才会觉得有点难过，但这一点难过很快就会被快乐所覆盖。那时候，每天醒来，想着的都是今天要和小伙伴一起去哪里玩耍呢？玩些什么？究竟是摸鱼捉虾，玩玩具，过家家，跳房子，还是看电视呢？甚至就连玩泥巴，都能被我们玩出各种花样来，那时完全不在意身上弄得脏兮兮的，回家会挨批。童年的生活，被各式各样简单快乐的事物占据着。

　　长大一些之后，我们"被迫"去学校读书，跟无忧无虑的快乐童年告别，我想那时肯定有很多人是不愿意的。我妈说，刚送我去学校上学那会儿，我揪着她的衣服不放手，几乎哭成了一个小泪人，不愿意待在教室里，后来她没办法只能在教室里陪我上课，趁我不注意时偷偷溜掉。其实这事儿，我完全不记得了，但我妈说得像煞有介事，我也就当它真的发生过好了。

　　虽然，那时学校的教育方针强调，要"德智体美劳"

全面发展，但好像最终的重心都落在了"智"上，因为这是"五美"里唯一跟学习成绩挂钩的，事关学校的升学率，不可能不紧抓，至于其他的"德体美劳"，我反正是不记得学校有大力培养过。

做人的"德"行，大半都是从父母身上学来的，"美"的观念也是从生活里一点一滴积累起来的。"体"的话，我倒是记得，小学高年级开始，体育课就被语数老师轮流占用了，让我怨念了很久。"劳"，少年时却是几乎没有劳动过，父母一直觉得该把所有的精力集中在学习考试上，完全不让我做家务，也不肯让我去地里给爷爷奶奶帮忙。天知道，在这样的一种生长环境下，我们是怎么样恪守"勤劳是美德"的。

初高中时，感觉生活里只有书山题海，除此之外一无所有。那时所有的情绪都和学习有关，学习成绩提升了，会觉得开心，学习成绩下降了，甚至会难过到痛哭流涕。虽然在老师的灌输下，想着只要熬过这六年，就好了，就再也不用这么苦了，但其实心里面不知道咒骂过多少次该死的人和事，不过现在想来觉得奇怪的是，那时一直没有觉得读书无聊。

　　可能是升学压力已经大到除了学习进取，再没有力气去想其他的了。毕竟千军万马过独木桥，谁都不想成为过不去的那个，那时懵懵懂懂，完全不明白升学的意义，只是不想辜负身后那几道期待的目光，不想辜负自己每天起早贪黑的努力。当然可能还有的，就是对于将来的一片茫然，就像是父母和老师常说的那句：如果不读书，你还能做什么呢？

　　是啊，那时候什么都不懂，没有电脑，没有智能手机，没有网络，想要少年成名和创业，都不太可能。所以，只能一心扑在学习上，偶有空闲，能够看几本书，睡一个懒觉，看几集动画片，都觉得是一种莫大的幸福和快乐。无聊这种感觉，依然不曾有过。

　　终于考上大学后，有种如释重负的感觉。之前二十年的寒窗苦读，终于有了成果，一直以来背在身上的包袱，也都终于卸了下来。生活里，除了上课，开始有了大把大把的空闲时间，但那会儿，从没有人教过我们"时间管理"和"时间利用"，就像是一直在动物园里被饲养的动物，将它们放归自然后，它们却不知所措，甚至有些居然死于饥饿。

　　那时，我们没有想过关于以后，至于"梦想"这个词还不知道丢弃在哪个角落里发霉，那种每天除了上课，就是游戏、睡觉和聚会，让人越来越空虚。游戏打得越来越没劲，睡觉睡到晚上失眠，聚会聚到想吐，某一天忽然觉醒，之前那些让自己觉得乐此不疲的事情，居然开始让人觉得有些无聊。

于是，从那之后，为了排遣这种无聊的感觉，我们开始有意识地去改变自己的生活方式，看书、考研，培养兴趣爱好，甚至有些人开始尝试创业，生活被各种全新的不同的事物填满。可无聊好似一颗种子，在心里生根发芽，总会时不时地显露出来。

毕业之后，有人去了大城市工作，寻求自己想要的生活；有些留在老家，成家立业，生儿育女。人们的生活开始被工作应酬和各种琐碎的事情所占据，虽然看上去那么忙碌和充实，但有时候还是会觉得"无聊"。

很难想象，在这样一个网络发达，信息爆炸，智能手机和电脑普及，各种娱乐设施完备的环境下，依然会有人觉得无聊。

但我倒是觉得，正是因为很多人觉得无聊，才会促进科技的进步和各类服务业的兴旺。因为无聊，所以各种各类的社交应用被开发出来，满足不同受众和人群的社交需求。因为无聊，所以各种类型的游戏软硬件被开发出来，满足喜好游戏人群的需要，甚至引发一些新兴产业的发展，比如说，电子竞技。因为无聊，不少人开始关注起生活中的吃穿住用行，并对此提出越来越高的要求和标准。

虽然，无聊也导致一些人做出一些傻事，还让某些人做出了一些危害社会和他人的事情。但总地来说，算是利大于弊吧。

好吧，其实我明白，这么说是有一些牵强附会的，因为很多新生事物的发展，其实跟无聊并没有太大的关系，是市场和社会需求促进它们的发展。但我想对个人而言，无聊的确是促使一个人去做一些事情的动力。就像是无聊的时候，我们会去刷微博和微信朋友圈，会去看电影刷剧一样。总要找到一两件事情排遣无聊。

工作时，只要不是一直处于那种非常忙碌的状态（除了工作无暇顾及其他），闲暇时间稍微一长，就会让人觉得无聊，因为哪怕没有工作需要完成，也需要在公司待满八九小时。哪怕是可以让人上外网，可以逛淘宝、天猫，看各种网站，听音乐，还是，会让人觉得无聊。

这种无聊，源于无事可做。即便能够长时间的"划水"，也会让人觉得非常难受。就像不忙的时候，我们公司的几个女同事喜欢逛淘宝、京东、1号店，男同事喜欢玩玩手游或者看看iPad，但没有一个人能坚持半天，不喊无聊和难受的。虽然我觉得每天看报表、做报表、写邮件、开会，也挺无聊的，但我想，我们宁愿忙碌着，也不想这样虚度。因为前者的无聊，只是那种事后感觉，但后者的无聊，却是硬生生地熬上一整天。

其实，不光是工作日，周末时在家也会觉得无聊。看小说、美剧、电影、动画，看到看不下去，睡觉睡上一整天，直到头晕昏沉，这些，也还是会让人觉得无聊。有时候，是因为闲着无聊，没事干，才会去做一些事情。但实际上，做这些事，只不过让人在一段时间里觉得有趣，可时间一长，还是会让人觉得枯燥无味，无聊透顶。就像前段时间国庆假期，因为不想出去看人山人海，所以在家待着，哪儿也没去，天天躺在床上看小说、美剧，前三天还觉得兴致勃勃，到第四天就开始觉得有些乏味，然后到第五、六天时，无聊得差点疯掉，我从没那么强烈地想要上班过。

而后，我渐渐地发觉，其实生活本身，就是很无聊的。

不过是因为我们每个人生活着，做着同自己不喜欢和不讨厌的事情，才让干瘪无趣的生活丰满起来，并且惠及他人。就好比papi酱做出来的视频，给喜欢看的人带来了很多乐趣，我每周都要追上一集。

因为生活无聊，我们才总想着去做一些有趣的事情。越野、马拉松、潜水、跳伞、蹦极、旅行，写作、读书、跳舞、唱歌、摄影、配音、播音、直播、烘焙、烹饪等。

每个人都做着自己喜欢的事情，以自己独特的方式抵抗无聊。我是一个很怕无聊的人，那会让我觉得有点心慌，继而有点抑郁，所以总是会找很多事情来做，开发或学习一些全新的技能。我喜欢在业余时间写作、读书、游泳、跑步、配音和播音，有时也会选择看看电影，打打游戏，毕竟让人觉得有趣的事情也挺多的，按照自己喜好来，就好。

当然也有些人觉得在办公楼上班，本身就是一件无聊的事情，所以他们会选择成为自由职业者，或者努力成为斜杠青年，认识一些朋友，旅行就是他们的生活，所以经常看到他们从世界各地发来的消息。还有一些朋友喜欢影视剧配音，他们辞掉稳定的工作，成为北漂一族，只为了能在北京得到更多有关配音的锻炼和工作的机会，而现在已经可以在一些影视剧谢幕配音演员表里，看到他们的名字。

你看，虽然生活很无聊，但我们还是能做很多事情来让它显得有趣的。就像是我现在在写的这篇随笔一样，其实我是觉得今天下班回家也没啥事，太无聊了，所以才花了几个小时写了这么一篇关于无聊的随笔，只要你们不要觉得我无聊，就好。

记得，有一个喜欢烹饪的朋友说过，生活本身其实是寡淡无味的，就像刚从超市买回来的生鸡翅一样，但我们却可以给它添加各种调味料，以自己喜欢的方式烹煮，可以做成可乐鸡翅，可以包上一层面粉油炸，可以放在烤箱里做成烤翅，也可以加上酱油做成红烧鸡翅。正是因为有了那些调味料，加上我们所用的烹饪手法，原来没味道的鸡翅才会最终变成一道美食，让人吃了欲罢不能。无聊的生活，也是如此。

所以，我们每个人都是厨子，拿着无聊的生活做菜。不过，做出来的菜，最终好不好吃，有时要看厨师的水平，有时却是要看吃菜的心情了。

美不在别处，在生活的每个细节里

一

在你心里，什么才是美？

而它，又身处何处？

二

前几年，我正值20岁出头的年纪，即将走出大学，踏上社会，那会儿，青涩、懵懂、不知何为畏惧，又对这世界充满无限的好奇，一心想着，终有一天，要去环游世界，去这世界上的任何地方，目睹独属于那里的美。

于是，2012年秋，我独自踏上了人生中的第一次旅行，只为追寻这世界的美。

在安顺，我见过黄果树瀑布自高处奔流而下，溅起漫天飘散的水雾，轰鸣声随着水雾滚滚而出，仿若黄钟大吕，激荡人心，那是自己第一次亲眼看见自然的壮美。它是天地造物而生，总让人感觉有种说不出的韵味，而彼时的目光，透过弥散的雾气，让人觉得真实却又不那么真切。

湘西，凤凰古城里，成排的吊脚楼，临水而建，好似栖鸟饮水，有种别样的灵动，沱江穿城而过，轻柔地越过每一座吊脚楼的干柱，细腻却又汹涌。那是我第一次知道，原来建筑和自然也可以相融，不像成片成片的宅基地，即便绿化得再好，也像是土地上长久以来难以愈合的伤疤，狰狞而醒目。

路过大理时，没能在最好的时刻，错过了那里的花季。我曾想象过，每年花季时，这城市繁花似锦的模样，但无论怎么想，却都无法在脑海中刻画出来。也曾计划，若是将来能有机会，一定要在花期时，再去一趟大理，结果，至今都未能成行。

古来大理素以"风花雪月"之美而著称，上关风，下关花，苍山雪，洱海月，但此去季节不对，所以只遇上了洱海月。洱海虽为海，其实却并不辽阔，但其上常有烟雾弥漫，怎么也望不到边。月朗星稀时，若是湖上的烟雾散去，高悬于空的明月，就会悄然在湖里游弋荡漾，湖水无形无相，洱海月自是随水而变，水月镜花，空灵秀美。

而后，经过中甸城时，亦是错过了狼毒将漫山遍野染红的季节，但草原、秀水、远山、阔云、骏马、牛羊之景，却也不坏，我不知别处是否会遇到眼前的这一切，所以能遇上，并目睹的，都是最好的。何况中甸所处之地，可是旧时梦中才有的香格里拉。香巴拉的美，虽说用"此景只应天上有，人间难得几回闻"来形容，稍显夸张了一些，但那时的我，站立在茫茫天地间，心中所想却是"此时此刻，此情此景，自己能身在此处，真是太好了"。

离开香格里拉，再至飞来寺，远眺梅里雪山，卡瓦博格峰云雾缭绕，近处山坡上，大片的风马旗迎风飞扬，随风而来的仿佛是似有还无的渺渺梵音，让人感觉像是幻听。尚未抵达时，在颠簸的汽车上远眺，坐落在斜坡上的藏族寺庙，隐于群山之间，若隐若现，不负"飞来"之名。

彼时，运气极好，在飞来寺住下的当晚，就有幸看到了梅里的"日照金山"，那是很多在飞来寺住上十天半个月的旅人，都不一定能碰上的壮美秀丽。日光自天穹之上垂落，穿透满天的云雾，洒落在雪峰的皑皑白雪之上，金光耀目，连雪峰近处的碎云都被染成金色，那情景，犹若雪山众神自神话传说中走来，宛若"诸神降临"。

而此之后，一路向西的路途，目睹了青藏高原上众多难以形容的辽阔壮美，除了感叹山河壮阔，再难以形容，在自然造物的山川河流面前，言语好似失去了所有可用以描述的力量，显得那般苍白无力。

但这种言语的苍白无力，越加让人坚信，这世间的美，是自然造物所赋予的，只有它们才是真正的壮美秀丽。

此后，我愈加热爱旅行，打算去这世上自己尚未去过的地方，无关逃避现实，无关生活在别处，只愿以自身之双目，亲眼去看这世间所有的美。

三

尔后这几年，虽说不上走过千山万水，却也去了不少地方，遇见过不少人，听过一些故事，也看过许多不同的壮美风景。之前那种，认为美只存在于天地自然的山川河泽之中的想法，渐渐开始有了动摇和改变。

长途旅行是一件很酷，很快乐，却也很容易疲乏和厌倦的事，就像是吃东西一样，一道菜或点心，即便再喜欢，但是让你连续吃上好几个月，也会让人觉得食之无味，难以下咽，旅行亦是如此。

我不知道，那些成年累月，一直在路上的旅人，是如何调整和自处的，也不知道他们的旅行疲惫的时间有多久。但我曾尝试过长途旅行了三个月，前两个月，自己一直处于一种比较亢奋的状态，任何从未见识过的美景，都会让自己惊喜好久，但到了第三个月时，这种亢奋却逐渐被一种唤作麻木的状态所取代，此时不管再看到或遇到什么，都再难以让自己惊喜于感官所收获的美。

一种叫作"归去"的想法，开始驱使自己回归到生活里去，旅行虽好，却也让人觉得不够真切，就像是随风而飞的蒲公英一样，即便越过无数山川河流，也总会有落地的时候，而这种落地的踏实感，比起飞于天空时看到的真切不同，它是一种原来自己属于这里的真实感。

可能，于我而言，旅行是旅行，生活是生活，它们是两码事，旅途中所有的美，所有的好，它们的确曾属于自己，但它们却只存在于路上，而不属于自己的生活。我不太可能一直旅行着，但却要一直生活着，真真切切地向死而生着，若是将来某天，旅行能够完全成为自己的生活，而不仅仅是生活之中或之外的一部分，我想，那时生活的真实感，会让人觉得旅行中所有的美好，都触手可及。

回归到生活后，经常会回忆起，这趟旅行中遇到的所有美好，刚开始时，会更多地想到那些途中的风景，可之后，更多回忆的却是路上遇到过的那些人，他们中的绝大多数都是陌生人，但就是这些陌生人，曾无偿地给予过我帮助。

记得2012年，我从云南徒步搭车进藏，滇藏线上一路遇到过很多好心人。他们中有些是当地藏民，有些是自驾进藏的游客，有些是到此经商的生意人，有些是开长途货运车的司机师傅，会无偿地捎带你一程，抵达下一个地区。对于你的付费也往往会拒绝，可能于他们而言，一路上的陪伴和闲聊，偶然间敬一根烟，或分享一瓶红牛，倍感亲切。

还有那些人，当你碰上高原反应，或者不小心生病，会自发照顾你，跟你分享常备药品，甚至送你去医院的陌生旅人。他们的善意，常常让人觉得耀眼而美好。

故人常说：在家靠父母，在外靠朋友。我们和这些人，其实真的称不上是朋友，但一路走来却接受了太多来自他们的善意，有时会让自己觉得有些羞愧，而这种羞愧难当，却让受过帮助的人，愿意将这种善意传递出去，去帮助更多的人，这也未尝不是对此最好的报偿。

虽然一路走来，人心险恶也不是没有遇到过，但恰当的自我保护，却可以让这些恶意还未萌发，就湮灭。就像有人会在旅舍中，故意去偷人钱财，也有人会对旅途中的姑娘心存邪念，甚至还会有些强盗行径，但总会有"前辈"告诉你如何避免，也会有人教会你如何预防。最终你会发现，恶人并不是没有，但这世上，还是好心人更多一些。

想来也是可笑，我们在生活里，其实有意无意中，受到过许多人的无私帮助，但可能是自小娇生惯养，觉得那些帮助来得理所当然，也可能是受这浮躁社会的影响，对那些来自他人的善意不为所动。直到经历过诸多旅行和身在异国他乡的体会，才正视和感激这些源自人性的美。才发觉自己还真是，挺幼稚，挺麻木的。

忽然想起，不知从何时起，我们旅行时常说，旅途中遇到什么人，才是最重要的，至于看风景，那不过是顺带罢了。

四

当关于美的认知，从纯粹的自然美，开始延伸到人性美时，便开始有意识地关注身边那些美好的人和事。

像是每天在上下班拥挤不堪的地铁公交上，遇上那些给老弱病残孕人士主动让座的行为，虽然移动电视上常播放相关的公益宣传，但真正付诸行动的，却都是那些发自内心的，殊不知，装作看手机而对身旁需要帮助的人视而不见的人，也是大把大把存在着。

记得前些日子，怀孕七八个月的女同事跟我说，在地铁上遇到一个比较奇葩的男士，刚进地铁时，那位男士是在看手机的，当看到她站过去拉住扶手时，就抬起手来，撑着额头，遮住眼睛，装作闭目养神，看不见她，让她有些哭笑不得。同事说，有人愿意给她让座，自然是好的，但是如果别人不愿意让，她也不会去强求，毕竟她并没有资格去要求别人为她付出善意。不过，若是不想让座，就不让好了，但是这种刻意做作的行为，反而让她觉得瞧不起此人。

当然有些老人"为老不尊""倚老卖老"的行为也是有的，微博上的热搜报道过，在不少地方，这些老人在乘坐公交时，碰上女孩子不让座，便会破口大骂，言语侮辱，拳打脚踢。"尊老爱幼"是我们国家的传统美德，在能做到的情况下，我想，很多人其实是很愿意去行动的。但是，人不是器械，也总有不舒服或者生病的时候，就像是女孩子的生理期，虽然不是病痛，但却相当难受，这种时候老人难道不应该去予以理解吗？而且能够对别人拳打脚踢，恶言相向的，也不像颤颤巍巍到站立不能吧？

你看，人性的美好和丑恶，很多时候，都是显而易见的。心怀鬼胎，以同情心骗取别人善意的人，也不少。比如说，前段时间的"罗一笑事件"，虽然身为一个普通人，人微言轻，但对于罗一笑父亲的心思和行为，我个人是相当不齿。

这世间虽多人心险恶，但我还是愿意去看到人性的美，即便很多都只是小事，但却是我们能够轻易做到的。就像上下楼梯时，帮助独自推着婴儿车的母亲搭一把手，这样的小事那般，微小而闪光的善意，其实每天都存在于我们的生活里，只要有心，总会发现。

尽管在上海这样的大城市里，骗子同样非常多，常在人潮拥挤的地方活动，以寻求帮助为名，实行骗取钱财之事，但我还是希望，即便曾经像我一样因为单纯而被这种垃圾行径欺骗过的人，也要保持内心善意和人性美的火种不熄灭，但下次再遇到时，要擦亮眼睛，将善意给予那些真正需要帮助的人。

五

好吧，原本是想说说，自己关于对"美"的认知历程，结果居然一不小心从自然壮美，扯到了人性之美，听上去颇有点喊口号，扯大旗的意思。但既然都写了，我就不删了，接着，来说点其他的吧。

前些日子，在公司的LOFT空间前台，看到一束插在花瓶里的白色洋兰，很漂亮。

我当时问前台接待，这束花哪里买的，原本以为会得知一家花店的名称，结果她们告诉了我在一家在线订花平台，可以预订一个月、一个季度、半年或一年的鲜花，每周快递一束不同的鲜花给你。听上去颇有一点会员制服务的意味，我们公司之前也开展过类似的会员服务，不过我们的产品不是鲜花，而是酒类，每个月快递两款不同类型的葡萄酒，到客户指定的地址，这样的会员服务提供了两年，后来因为运营不善，实际投入和预期利润相差太多，最终公司裁汰了整个部门，停止了这个项目。

因为知道此类服务不易，再加上最近对于鲜花颇感兴趣，于是便尝试预订了一个月的"简花系列"，算是聊表一点支持吧，至于这家公司平台的名称，我就不提了，咱也不想给它做广告宣传，感兴趣的人可以尝试自行搜索。

三周前开始，每周六早晨9点半到10点半期间，我都会收到一束快递而来的含苞待放的鲜花。

第一周的周六早晨，虽然听到门铃响了，但是我却是死活都不想起床去开门，毕竟大冬天的，又是周末，像我这么懒的人，自然还是希望能躺在被窝里，多睡一会儿。奈何快递小哥一直在按门铃，也不好让别人等着，将心比心，自己周末早晨还睡着呢，快递小哥却已经起床很久了，所以还是匆匆掀被子去开门，接过了快递，并道声谢。想起双十一期间，网上流行过一席话，原话我已经忘记了，但大概意思是：这世界上没有人能让你随叫随到，还没有怨言，你的父母不行，你的恋人不行，你的朋友不行，更没有人能在大冬天里，让你赶紧从被窝里爬起来，可是有一种人，他们的名字叫"快递小哥"。

想来觉得好笑，这，算不算是一种特有现象呢？我想，在其他国家，肯定不会看到。

第一周收到的鲜花，是香石竹，花名颇为文艺，一开始我以为会是一种竹子，结果打开包装一看，居然是康乃馨。你说康乃馨就康乃馨嘛，好端端的，取一个文绉绉的花名，还是那种我之前从未听过的名称，这不是变相地凸显我的"无知"嘛，真是让人郁闷啊。

不过，那种冬天周末早晨起床的不快，还有对花名的郁闷，随着自己披上衣服，修剪花枝，将花束插到注满清水的花瓶里，而逐渐被一种愉悦的心情所取代。想到这家平台的宣传语——"鲜花点亮生活"，忽然觉得，好像还真是这么回事儿。至少，在摆弄完鲜花，打扫完屋子，清洗完几天堆积的衣物之后的这一整天，都觉得自己心情非常不错。

第二周收到的鲜花，是紫色洋兰，请原谅我有些粗俗，看到洋兰时，第一时间想到的居然是小时候路边常看到的牵牛花，而且还下意识地认为，牵牛花要比紫色洋兰好看一些。

尔后，第三周收到的，是百合花。

百合花到来之际，租房的阳台上，已经开满了鲜花。玫红康乃馨，紫色洋兰，粉色风信子交相辉映，繁花虽寥寥，却也颇有点争奇斗艳的感觉。能在寒冷的冬季里，看到繁花盛开似锦，是一件相当快乐的事情，毕竟在此之前，我没想过，鲜花可以像水果蔬菜一样反季而来。请原谅我有些孤陋寡闻，作为一个大老粗，真心不太了解鲜花，何况，我还是那种活了二十几年，到现在都没有收到过花的类型。

自己也是由于朋友的缘故，才在2016年末开始对鲜花感兴趣，要是搁在以前，刚来上海生活打拼得连生存都成问题，根本不可能有闲钱和时间去摆弄鲜花。所以，和鲜花在这样一个时间点相遇，也觉得有点恰逢其时的意思，没有来得太早，也没有来得太晚。

此前，虽然知道日本的花艺和茶道一样颇为著名，但是却一直不甚了解，而且在此之前也从未去过花店，毕竟作为一个资深情感专家，雅号"单身狗"的人，没事去花店做啥？买花呢？还是去受虐呢？

而今看来，却是觉得之前的自己，有些别扭和好笑了，因为一些莫须有的言论和压力，而错失了一些与美好事物接触的机会，那不是傻，是什么？

虽然，我现在依然不懂花艺，计划过却也没时间去学，也不懂很多其他的艺术，但这并不影响我欣赏鲜花的美，也不会影响我对第四周到来的鲜花的期待。

细想来，点亮我们生活的事物，不仅仅是鲜花，还有很多东西。比如说，一件设计优美，身着优雅的服装，一双或简约或繁复，穿起来舒适的鞋子，一枚微小却大气得体的领带夹或袖扣，等等。

当然，除了这些物件，生活里，还有很多美好的事物，像是金浩森在杭州开设的那家装修风格简约而不简单的"别止beside"民宿和咖啡馆，像是在上海那些深秋季节特地不扫落叶的景观道，还有那些民国时期遗留下来的他国建筑。

顾城曾在他的诗歌《一代人》里写道：黑夜给了我黑色的眼睛，我却用它来寻找光明。

我们是幸运的一代人，没有出生在那个灰暗而动荡不安的年代，当然这并不意味着，我们不需要去寻找光明了。即便生在和平年代，每个人也依然有属于自己难以言说的苦楚，甚至苦难，所以我们同样需要去追寻光亮。但，在此之间，在寻找光明的道路上，我们也可以寻找美好，找寻那些生活中闪烁着光芒的善意，它们也可能照亮我们一段昏暗前行的道路。

黑夜给了我们黑色的眼睛，我们用它来寻找光明，也用它，来寻找美好。

　　也许有人渴望生活在别处，觉得自己现在所生活的地方，并不存在自己想要找寻的美好。

　　然而，这种渴望，不过是一种痴心妄想罢了，别处并没有你想要寻找的东西。即便，你在旅途中见识到了那些壮美，感叹自然造物的伟大，并对另一座城市，心生念想，最终搬到那里去生活。可，那里，最终也只不过，是成了你生活中，新的当下罢了。

　　我们可以偶尔乃至经常旅行，甚至可以隔个三年五载，就换一座喜欢的城市生活，但不管怎样搬迁、漂泊、流浪，最终依然要回归到生活里来，回到能够发现美的心态上来。

　　这世上有很多人，甚至包括我们自己在内，都在创造"美"，Airbnb的房主尽心尽力将自己的房舍装扮成自己喜欢的美丽样子，再将这种美好传递给他们的住户。花艺师、茶道师、琴艺师、画师、服装设计师等，所有的艺术设计者都在传递自己认可的美好。清洁环卫工人、水电维修工人，甚至是城管，他们带来的干净整齐的街道，家家户户夜晚亮起的灯火，难道这些不是美好吗？

　　这世上并不缺少美，缺少的，是发现美的眼睛。我们的确在一个节奏相当快的社会中生活，但是，快的应该只是社会和科技发展的速度，而不应该，是我们的眼和心，它们自当缓慢且不凌乱。因为，一旦，心乱了，眼花了，看到的一切，自然也就会是荒乱的，又哪里来的"美"呢？

何必执着于永远不是此处的别处？

别处，并没有我们想要找寻的东西，生活的真谛，只存在于当下，离我们最近的地方，美也是一样。它不存在于别处，只在生活的每个细节里。

第四章　邂逅爱情，分开旅行

爱情这东西，时间很关键

一

2016年10月19日，我在常州，参加了老戚的新婚典礼。

坐在离舞台最近的同学席，笑着看台上，西装革履的老戚和一身洁白婚纱的新娘在司仪的主持下，互换戒指，相拥亲吻，眼角眉梢洋溢着幸福和喜悦。

我知道，这一次，老戚找到了他想要的爱情。

我是在常州念的大学，说是大学，其实不过是一所三线的小型学院，曾因学院方面擅自更改校名，吃过教育部的两张黄牌。学院的前身叫"常州技术师范学院"，在我2008年就读前，改名"江苏技术师范学院"，2012年我毕业后，又改名为"江苏理工学院"。

当年，在"江技师"念书时，住在学院的北苑男生宿舍区，虽然是学院最老旧的宿舍楼，各类基础设施都比较陈旧，但整体来说其实还算可以，至少，我们在那里生活了近四年，人生中风华正茂的年华和记忆，都留在了那里。再想及现实，在上海每个月2600元的房租，和那时每学年1500元的住宿费，更觉得大学宿舍真是实惠，何况，那里记录了青春年少时的我们，更是千金难换。

那时，住在18号楼409，整个宿舍，一共住着四个人，两人来自心理学系，两人出自教育学系，是当时整个教育学院，唯一的混合系男生宿舍。

而老戚，就是我的大学室友，和我不同系别，没有过一起上课的经历，却友好相处了四年。

老戚，之所以叫老戚，是因为，他是我们宿舍里的老大哥，唯一1989年生的男生，所以取了他的姓氏，再在前缀上一个"老"字，算是昵称吧。其他三人都是1990年出生的，其中我年纪最小，在宿舍里排行老幺，这些年一路走来，也一直颇受他们三人的照顾，帮过我不少。

我们宿舍四人，性格各异，但却难得地相处融洽。伟哥和小杰宅属性颇多，除了上课，多半都是窝在宿舍里打游戏，我勉强算得上是半宅，而老戚则是那种整个大学四年，都很少待在宿舍的人，他几乎不打游戏，每天不是忙着处理学生会的事务，就是忙着出席各种活动，再不然就是去校外参加各种社会实践活动。

他是那种，大学里教导处老师非常喜欢的学生类型，不仅能够帮忙大家处理很多事务，而且人勤快，嘴也"甜"。他不像我这种不讨老师喜欢的学生，大学四年里跟老师们"干"了不少于三场，还被学院通报批评过，自然不受老师欢迎。虽然在我看来都是些无关痛痒的迂腐小事，但奈何老师介意，我也只好闷头不吭声，受几顿教育。

因为备受教导处老师推崇，再加上身为学院的学生会主席，老戚当年的风头真可谓是一时无两啊，学校里不少人都知道，教育学院有着这么一号人物。而且，身在一所男女比例失调的师范类学院，再加上我们系男女生的比例严重失调，达到了极其恐怖的1∶10，所以大学四年里，老戚的花边新闻几乎就没有停过。

坊间传闻，跟老戚关系暧昧的女生，没有20个也有10个，这还是由于老戚长相普通的缘故，若是他长得帅一些，估计这个数字还得翻上两三番，不知会有多少女子围绕着他。

花边新闻虽多，但大学四年里，老戚用心谈过的姑娘，只有两个，一个是他的高中初恋，另一个是喜欢他的大学女同学。至于其他的那些莺莺燕燕和暧昧不清，我是不太清楚的，但估计传闻也仅仅是传闻罢了，因为我知道，老戚这个人在感情上有一个特点，说得好听一些叫老实稳重，说得难听一些叫有色心没色胆，所以总的来说，他算得上是一个比较传统和保守的男生。

不过，20岁左右的花样年华里，哪个少女不怀春，哪个少年不动情呢，所以在那样的年纪里，内里有些花花肠子，也是正常的事儿，古人常说："人不风流枉少年。"何况，很多美好和憧憬，也只是想想而已。因此，那些花边传闻，也是可以有的，有些也是可以信的。空穴来风，并有其因，何况是在那样一个喜欢捕风捉影的年纪，所以老戚借由社团事务跟某些妹子常常见面，或者一起去校外办事，被人误会为约会或是关系暧昧，我们也都是信的。

哈哈……一不小心稍微扯得有点多了，要是被老戚和他老婆看到，估计会分分钟挥一个电话过来，教我怎样做一个合格的好基友了。

　　不过，冒了这么大的风险，说了这么些，不就是想给你们说说老戚的"情史"嘛，都已经讲到这里了，怎么能半途而废呢？所以，咱们还是继续说下去好了。至于老戚那边？怎么解释？这个你们就不用担心了，到时候我会想办法的，毕竟，车到山前必有路嘛。大不了，到时候挨老戚一顿批就是了，多大的事儿。

　　先来讲讲老戚的第一段感情吧。

　　老戚的初恋，是他的高中同学，女生的名字叫方莉，听上去是一个比较恬静的姑娘，但真实情况如何，却是不得而知，因为，自始至终，我们都未曾得见过真人，只是知道老戚在和这么一个姑娘恋爱。

　　虽然，老戚曾拿出过他们的高中毕业合照，指给我们看过这个叫方莉的姑娘长啥样，但高中时候的照片是不能当真的，它代表的虽是青葱，但毕竟也只是曾经，何况高中时，几乎所有人都忙碌着学业，很少会有人关注自己的仪表和打扮，容貌上的不假修饰加上尚未完全长开的身体，往往会等于傻里傻气。像我，就很少会去看自己高中时的毕业照，即便偶尔翻出来看了，也会觉得那个站在倒数第二排，戴着眼镜的小眼睛男生，看上去胖乎乎、傻里傻气的，跟现在的我一点都不像。

　　读了大学之后，因为有了空闲时间，多数男女生都会开始关注自己的外表和穿着，充满青春气息的容颜，只要稍加一点修饰，穿得稍微合身一些，就会立马显得不同。若是一些模样本就姣好的女生，再画上一点淡妆，在青春期荷尔蒙分泌旺盛的异性心目中，就更会显得美艳不可方物。

　　可老戚，你却拿出一张旧时的毕业照，告诉我们，就是这上面的那个长脸高个穿着校服的普通姑娘，俘获了你这个学院风云人物的心，你确定不是在要着我们玩？

　　那时，心里虽有诸多不满，觉得老戚这小子太藏着掖着，有对象了也不带回来，让宿舍的兄弟们帮忙长长眼、把把关，难道还怕被人半路截和了不成？但更多的，却还是希望老戚能收获他想要的爱情。

　　那段时间，老戚依旧每日早出晚归，很少待在宿舍跟我们厮厮混，至于他是出去办事，还是出去约会，估计也只有他自己心里清楚。

　　就在老戚把他家小莉夸得天花乱坠，我们耳朵都快听出老茧，觉得他俩毕业之后就会结婚的第二个学期，老戚的这段感情，忽然无疾而终。

那天老戚忽然回宿舍，说想跟兄弟几个喝两杯的时候，我和小杰就觉得他不对劲了。因为老戚平时是一个不太喝酒的人，每次我们和隔壁宿舍男生，在寝室就着花生米和猪头肉喝啤酒的时候，他几乎都是不参与的。

而今他忽然说要喝酒，不会是因为学业上的苦闷，毕竟他的学业一直不错，除此之外的唯一的理由估摸着就是感情问题。我旁敲侧击问了几句，老戚却什么都不想说，于是之后，我们便没再问，只是沉默着，陪他喝了一瓶又一瓶。是夜，寝室里异常安静，啤酒瓶碰撞的声音，混着酒水入喉的吞咽声，听上去无比沉闷。

当你喜欢一个人的时候，想要和他在一起，合适便是最好的理由。在你不喜欢一个人的时候，想要和他分开，不合适便是万能的借口。其实你根本说不出那个人的好或不好，所以只能用合适和不合适来替代，喜欢了，就说合适，不喜欢了，就说不合适，你看，多简单。

合适，它是恋爱里最高却也最低的标准。说它最高，是因为不管来的那个人多好多优秀，只要不是你想要的，便怎样都难和你的心意；说它最低，是因为不管在的那个人多普通多平凡，只要是你想要的，便怎样都好，横看竖看，都会让你觉得心花怒放。

老戚的第一段感情，我想便大致如此吧，初始于他单方面的喜欢和追求，开始时，姑娘可能觉得这个男生不错，毕竟喜欢了她好些年，还是同学，又都是常州人，知根知底，会是一个恋爱结婚的不错选择。但当他们真正在一起之后，却察觉这个男生其实并不那么合自己的心意，自己还可以有更好的选择，于是便最终作罢。

因为觉得合适而开始的感情，简单迅捷，因为觉得不合适而结束的感情，干脆利落。

你看，多容易……

二

春霞是老戚的大学同班同学，也是我们院为数不多，才貌双全的姑娘，模样俊俏，虽然不能说是大美女，但也颇有小家碧玉的气质。她学习优异，拿过好几次国家奖学金，能歌善舞，多次参加院系里的舞台表演。除了身高稍微有点矮，性子太要强，据我所知她就全是优点了。

真不知道，这样一个优秀的姑娘，是怎样看上我们宿舍老戚的？

这个问题，我们问过老戚好几次，但每次他都只是傻笑，语焉不详，所以直到最后，我们都没能知道个中缘由。

因为老戚他们教育系将来的职业方向是小学老师，所以在大二时，整个系分成了语数外三个班。他是外语班唯一的汉子，我们戏称他为班花，啊不，是班草。由于学习优异，再加身为学生会主席，他当仁不让地成为外语班的班长，而春霞是班里的团支书。作为学院分管班级的两大代表，他们自然而然地因为班级和系上的事情经常联系，而当这种事务上常联系的出入成双，最终演变成真正的出双入对时，不少人都捶胸顿足哀号着，这牲口，摘走了系上最抢眼鲜花里的一朵。

初次得知此事时，我们宿舍三个人，也是有些目瞪口呆。老戚这厮保密消息一直做得很到位，我们也是在他们的恋爱消息席卷全系时才知道。面对寝室里的批斗大会，老戚自始至终都是傻笑着，不作辩解。

真不知道，人家姑娘，是怎么看上这么一个有点猥琐的傻小子的。

直到现在，我依然觉得，那段时间是老戚大学四年里，过得最滋润的时光。比起初时和方莉在一起，还要滋润，因为在同一所学校，同一个班级，处理着几乎相同的事务，有着殊途同归的目标和追求而且又在青春最好的年华里，还有什么比这更好？

那些日子里，老戚每天笑意盈盈地出门，跟春霞两人出双入对，就算没事，也能在图书馆里泡上一个下午，即便周末我们都赖在宿舍里睡觉，他也是如此。不知两人无意中撒了多少把狗粮，幸好那些年里"单身狗"这个词还没有盛行，网络传媒也没有现在发达，要不然得有多少人会在微博和朋友圈里，控告他们虐待"单身汪"啊，而FFF团也不知会耗费掉多少桶"汽油"和"火柴"，却也"烧不死"这对恋人。

就在我们以为这对CP，会一直好下去，最起码，能一起走到大学毕业时……

这段感情忽然间急转直下，两人以非常迅捷的速度分开，然后沉寂下去。说到这里，也许有人会觉得是春霞变了心，像她这么好的姑娘，明明有更好的选择，为何要在老戚这棵树上吊死？良禽尚且择木而栖，更何况是人？也许还会有人觉得，是老戚变了心，或者是两人之间出现了第三者，诸如此类的种种缘由，毕竟现在的言情影视作品繁多，各种各样的情况几乎都出现过，男男女女之间，也无非就是那些事罢了。

事实上，的确是老戚变了心思，两人之间也确实出现了第三者。而这个第三者，居然还是老戚的前任女友——方莉，这事儿简直堪比言情电视剧里的桥段，狗血到让人啼笑皆非。方莉会回来找老戚，这是大家都没想到的事，而老戚居然会同意方莉复合的请求，当了次原路返回的马，吃了这口回头草，更是让人跌破眼镜。春霞，无疑成了那唯一的"牺牲品"，不知她是如何度过刚分开的那段时光的。

人，是种奇怪的动物，很多时候都下意识地认为，当初的一定是最好的，毕竟那时的自己付出了真心，可后来的呢？难道，就不是当下最好的吗？难道，就没有用心付出过吗？如果扪心自问过，你说没有，那，又怎么对得起那个为你用心付出的姑娘？又如何去面对那个也同样真心付出过的自己？

人们常说："得不到的，都是最好的。"

可事实如何？我想，只有经历过的人自己知道。

得不到的，自然有它不属于你的缘由，拥在怀的，也自然有属于你们的缘法。

所谓好与最好，不过是在于你的心罢了……

有人说，失而复得，必定圆满。

那，究竟该是怎么一个圆满法？

老戚走了这次回头路，再次牵起了曾经无数次魂牵梦萦过的故人的手，也许他本以为两人能够重修旧好，一路白头。

可这个曾经放弃过他一次的姑娘，在重新回来搅乱他的生活之后，又再一次离他而去。好似她的归来，就是因为看不惯曾经的前任，居然过得比自己好一样，任性妄为。

老戚这次在短短的时间里，经历了分手，复合，又失恋，不知彼时的他心里又是如何想？

可这一次，我们没有人去安慰他，因为这一切都是他自己的选择。他的天真，不仅再一次伤害了自己，还伤害了一个曾经喜欢他的姑娘。至于，在这之后，老戚有没有跟春霞道过歉，或者试图挽回过，这些都不得而知了。

而后，两人之间虽然称不上形同陌路，但也不过只是比较熟悉的陌生人罢了，不过有一点，两人算是不约而同了，那就是直到大学毕业，两人都没有再各自恋爱过。

后来，两个人，几乎是走上了完全不同的人生道路，估计此生，难再有交集。

春霞考上了杭州某著名高校的研究生，继续做着她那性子要强的姑娘，听说，硕士毕业后，她还有继续深造读博的打算，如果不读博，就打算留在高校里做老师。

老戚原本是打算在常州当地做一名小学教师，但毕业那年，因为教育局相关政策的调整修改，以及学院方面的资质问题，这一届教育系当中的英语班，所有人都失去了考取教师编制的资格。当年因为这件事，院系里还闹出了不小的风波，希望院方能给一个说法，但奈何作为大学生，人微言轻，也无法改变既定的事实，只能另谋他路。

大学四年，没想走到最后，最初的愿景一朝成空，这对老戚来说，打击无疑是巨大的。大学毕业后，我们仨都离开了常州，因为父母年事已高，所以老戚没有选择远走，他在常州当了一名城管，没编制的那种，业余时间学习新的知识和技能，炒股，做婚礼司仪，努力成为一个能有更多收益的斜杠青年。

这么些年了，不知道老戚是否曾经有过一丝后悔，后悔错过了一个好姑娘……

三

虽然，老戚是那种想要早些成家立业，让父母尽享天伦之乐的男生，可毕业四年，相过不少次亲，但他一直都没能再遇上一个心仪的姑娘。毕竟是婚姻大事，总也不能随便应付了事，所以成家之事也是一拖再拖。

记得两年前，大概是2014年的时候，老戚在网上认识了一个年方30的单身女士，也是常州人。那时，老戚颇为喜欢那位大龄姑娘，两人间颇有些情投意合的味道，甚至已经到了要谈婚论嫁的地步，虽然老戚的父母开始时并不太赞同此事，但后来经过他的多番劝解，却也是松了口，算是答应了。老戚为此欢呼雀跃了挺久，而那一年，他25岁。

原本对那姑娘来说，这也算得上是一段好姻缘了，至少两人之间互相喜欢，而且也都不在意年龄的差距，但姑娘的亲人最终还是不同意这桩婚事，因为老戚家的经济条件一般，算不上是富裕，所以最终也只能不了了之。

渐渐地两人之间，也淡了往来，老戚为此郁郁寡欢过一阵子。直到去年，经过同事和领导介绍，老戚才遇见了他现在的新娘——牟丽娅。当然，用老戚自己的话来说，那时他还不知道，这个比他大两岁的姑娘，终有一天会成为自己的新娘。

那时初次见面的两人，只是互相觉得对方还不错，就有意继续相处了，通俗一点来说就是"有戏"。后来听老戚说，这姑娘也挺有趣的，她是家里的老大，原本是最先结婚嫁人的那个，但现在却是，下面的弟弟妹妹都已经成家了，就剩她这个姐姐还单着。所以家里人才有点着急，四处拜托朋友帮忙介绍，哪想，最后成就了老戚的姻缘。

我们寝室的人，基本上每年都会聚上一次，算是联络感情。起初时，四个人都会在，而后随着各自的工作和生活，总会有人无奈缺席。

我和小杰去年年底，第一次见到这姑娘的时候，老戚和她已经有点如胶似漆的意味了。

那晚，我们在广化街上的那家耶里夏丽餐厅吃晚餐，他俩几乎全程开启"虐狗模式"，老戚知道姑娘不吃辣，特地点了些不辣的菜，等菜上来的时候，几乎有好吃的，都会给姑娘夹上一筷子，而姑娘劝老戚少喝些酒，说喝多了对身体不好，完全没在意同桌还坐了其他人。两人真是无意间撒了一把又一把狗粮，看得我一愣一愣的，毕竟那时的我和小杰

191

也都单着，不过看到老戚幸福的"小男人"模样，也是由衷地替他开心。这些年兜兜转转，浮浮沉沉，碰上过不少事，遇到过很多人，终于有一个人能让他安定下来了。

而让我觉得姑娘人挺不错的，却也只是她无意中的言行。我们409素来的惯例，就是几人碰在一起必定彼此"挖苦讽刺"。这是我们大学四年每晚躺在床上聊天的必修课，而现在成了每次碰面之后的日常。姑娘却有些看不下去，看到老戚和小杰两人联合"打压"我，便和老戚说："人家年纪最小，你们不要总是欺负人家。"

虽然我们彼此之间早就习以为常，但姑娘的帮腔还是让我觉得心里一暖，心想着老戚这次算是碰上了一个好姑娘，一定要抓住才是。

之后吃完饭，时间比较晚，姑娘家住得有点偏远，我和小杰都让老戚打车送她回家，老戚自己也是这么打算。但姑娘却是不同意，觉得我们好不容易来一趟常州，明天就走了，得让我们仨多些时间聚聚，执意一个人打车走了。

当时我和小杰就笑道："你小子，这次真是走了狗屎运啊，碰上一个好姑娘。打算什么时候结婚？"

老戚一边得意地笑，一边告诉了我们一个日子——2016

年10月19日，并让我们务必到场。

四

老戚的婚礼上，伟哥带着他的老婆孩子一起过来，小杰却是因为公事飞去了英国，没能到场。

我忽然想起2012年我们系的毕业典礼，那时我们寝室的人商定好了一起合唱筷子兄弟的《老男孩》，原本说好要四个人一起的，结果后来登台，却也是缺了小杰，这个最会弹吉他的人。

而后想来，觉得颇为遗憾，在我们青春里盛大谢幕的舞台上，缺了一个最重要的人。

如今，老戚的婚礼，我们四个又缺了一个人，不得不感叹，有些事情无法如意。

当老戚牵着换上红色旗袍的新娘，领着一大家子人，到我们席上敬酒时，我看到了叔叔阿姨脸上洋溢的笑容，新娘子脸上幸福的红晕，还有他脸上的嘚瑟神情，而此刻他对新娘子的介绍，也从之前的"女朋友"，正式改口成了"老婆"。

看着他们小夫妻忙着到各桌敬酒，礼送宾客。猛然间想到了王家卫说过的一句话：爱情这东西，时间很关键。认识得太早或太晚，都不行。

而在老戚过往"情史"里，出现过的姑娘，和他认识的是太早，还是太晚呢？没有身处过其中的人，估计会难以回答。

但，愿意相信爱情的人，希望你能对此坚信不疑，终有一天，会有这么一个人，来得不早，也不晚，刚刚好就在你们彼此遇见的时间里。

人生是一场错过，愿你别蹉跎

一

2013年冬，美国刚刚遭遇飓风过境，接着又开始下起鹅毛大雪，阿文给我发消息，说：亲爱的，美国这里下雪了，外面风挺大的，我穿着一件米色的风衣，跑到离家最近的麦当劳吃汉堡。学校的课业现在越来越繁重了，压力有些大。因为没时间做饭，所以最近总是吃这种垃圾食品，都要长胖了。

我今年瘦掉了哦，等到回国，你就可以看到我瘦瘦的样子了，一定会惊掉你的下巴。

还有，我想结婚了，想生个宝宝。

我要是在拉斯维加斯举办婚礼，你会不会来参加？

那时我在南京，在距离南京长江大桥不远的一家大型卖场里工作。

那一年，我过得不太好，但却不想让阿文知道。因为没什么技能，也没有工作经验，所以在南京，没能找到一份心仪的工作，最终在超级卖场的百货部门做经理助理。工作是两班倒，白班从早上7点到下午4点，夜班从晚上4点到凌晨12点。因为百货部门的员工多半是年纪比较大的阿姨，所以一般搬运重货这种活，都是我来做。一个月薪水到手1500元，撇掉房租和水电费，每个月有600元。

那时，我买不起智能手机，买不起新的衣服和鞋子，也换不起新电脑。中国到美国的机票那么贵，自己一年不吃不喝也买不起一张飞往拉斯维加斯的单程机票。但我还是跟阿文说：你要结婚的话，一定要提前通知我，无论如何，我都一定请假飞去美国参加你的婚礼。

二

2015年冬，上海一直飘着冷雨，阿文在上海过了寒假，回美国没多久，就给我发消息说：亲爱的，我忽然，不想结婚了，不想跟这个男人结婚。

我问：之前一起吃饭的时候，不还好好的吗？还计划着明年去美国参加你的婚礼，怎么忽然之间就不想结婚了？

她说：两年前特别想结婚，特别想要孩子，因为那时，周围的好朋友和闺密都相继结婚，或者怀孕了。那时我很羡慕她们，同时内心也有些惶恐不安，想着也是到了该结婚的年纪，所以才会那么着急想要和他结婚。但是现在，周围的朋友该结婚的也都结婚了，该生孩子的也都生完小孩了。所以，那种迫切想要结婚的想法也就渐渐淡了。

我发消息说：婚姻是你人生中一件比较重要的事情，所以，你自己考虑好，就好。不管怎样，都不要委屈了自己。何况，你将来是要拿绿卡在美国生活的，那边莫名其妙的婚姻舆论压力要比国内小得多得多，所以，只要你过得快乐，不管你做什么决定，我都会支持你。

那时，我从南京回了上海，换了一份还算不错的工作，在一家小型外企上班，薪资待遇比在南京高不少，生活也好了许多。所以，飞去美国参加婚礼这件事，从遥远变得触手可及，虽然我两年的积蓄估计也就只够飞一次往返航班。

2013年，为了一个人，放弃了在上海的工作，去了南京。

就因为那个人跟我说，喜欢南京，想要在南京落地生根，希望将来能和我一起，在南京生活。

其实那时的自己挺傻，就为了那个人的一句喜欢和想要，便义无反顾地放弃了一些已经得到的东西，放弃了在上海好不容易得来的薪资待遇，到南京从零开始。

后来，在南京的生活越来越不好，我们不仅没能实现之前的愿景，甚至，连每个月一起看场电影，一起吃顿饭都成了一种奢望。如果和一个人在一起，让自己活得越来越不像原本的自己，生活过得越来越糟糕，看不到任何希望，那么，还继续在一起做什么？

哪怕千万人阻挡，我也不会自己投降，但从没想过，那个我希望能一起参加阿文婚礼的人，那个我认识七年，在一起两年的人，那个当年信誓旦旦说要和我永远在一起的人，最终却和我渐行渐远……

三

我和阿文是高中同学，算起来，到现在我们认识了已经有13年，成为好朋友也有11年了。

高中时在班上，自我感觉应该属于那种老师比较喜欢的学生，不谈恋爱不打架不抽烟喝酒，不给老师添麻烦，努力学习，成绩也算得上是优良。而阿文属于那种比较容易讨老师欢心，却又有点贪玩的女生，思想比较前卫，性格比较大大咧咧，所以在班上"男生缘"很好。

按照正常情况的发展看来，我们之间的关系应该也就止步于那种很普通的同学情谊，不会成为朋友，毕业之后就断了联系，消失在彼此的生活里，逐渐淡忘。但有时人生就是这样奇妙。当年我们两个在班上相互之间几乎很少说话的同学，高中毕业后却成了很要好的朋友，并且联系至今。

虽然我们很少见面，但这些年里，我几乎知晓阿文生活里的每一件重大事件，她的开心和难过，她的恋爱和失恋，她的旅行和遇见，就像她了解我的那样。

凡是想说的，都去聆听，不管是平静的，快乐的，还是悲伤的。

那些不想说的，自然也有不想说的理由，放在心里，时间久了，也就过去了。

这几年，一路走来，她跟我说着和小贾相识，和他恋爱，和他吵架，到想和他结婚，最终又和他分手。

我见证着他们的遇见和错过，就像是看一场电影，听一个故事，旁观者无法参与。人生里的每一个决定都该由自己去做，不管最终的结果如何，都是自己的选择，旁人没有资格指手画脚，朋友不行，家人也不行。

我们没有亲身经历过，又怎么去给那个站在交叉路口的人建议和指引？

也许有人想说可以设身处地，能够感同身受，但我觉得，所有的感同身受，都不过是谎言和虚妄，那个被匕首刺到的人，不是你，那个流血受伤难过的人，不是你，你又怎么去体会那种痛？

四

第一次见小贾，是在2014年的秋天，那时他在美国的签证即将到期，飞回国续签，在此之前，小贾已经很多年都没回过国了，一是因为大学的课业和研究比较繁重，抽不出太多的时间，还有就是往返美国的机票并不便宜，而他的家庭条件并不算富裕。

那时阿文一心想着和小贾结婚，所以既然他好不容易回国一趟，在处理完签证事宜，见过家人之后，阿文就想拉着他见见家长，顺便也让我这个好朋友替她把把关，毕竟在此之前我们对小贾的印象，都是源于阿文的描述。

那天周末，我还躺在床上睡觉，阿文打来电话，说小贾到上海了，让我过去一趟，一起逛逛，顺便吃个饭。小贾也想见见我，因为在美国时，阿文经常跟他提起我。

坐地铁到陆家嘴，远远地就看到站在麦当劳门口的他们，阿文穿着深色风衣，围着一条素色围巾，挽着小贾的胳膊，完全是一副小鸟依人的样子。小贾穿着一件蓝色的薄款羽绒服，站在阿文旁边显得有些瘦小。

看到我，阿文笑着走过来抱了抱我，说：好久不见。

当时我觉得这样旁若无人地打招呼不太好，何况小贾就站在一边，这让我略微有点尴尬。

其实，若不是阿文跟我关系很好，我是不会跟着一对情侣出去逛街吃饭的，毕竟当一个特大瓦数的电灯泡，并不是一件愉快的事情。

小贾，跟我预想中的样子有些不太一样，不高也不帅，跟我差不多的个头儿，一米七，长相普普通通。我以前一直以为，阿文会找一个身材匀称的高个儿帅哥做男朋友，因为她有点颜控和身高控，比较喜欢那种成熟且有魅力的男人，所以初见小贾，我挺诧异的。因为，在此之前我没有看到过任何小贾的照片，阿文说他不喜欢拍照，所以我对他的模样仅停留在自己的想象上。

后来想起，阿文跟我说过，谈恋爱和过日子其实是两码事儿，如果是谈恋爱，她肯定会选择那种比较理想型的男人，会让人身心愉悦，但如果是结婚和生活，她宁愿选择像小贾这样普普通通的男人，让人觉得踏实，心里会有种莫名的安全感，这样会让生活过得平静。

深秋，陆家嘴的滨江大道上，行人稀疏，远不像一江之隔的外滩，人潮拥挤。

整个下午，小贾都有些沉默寡言，多半是阿文说，他听着，聊到结婚的事情时，他才会偶尔开口说上一些建议。大多数时候，都是我和阿文在聊天，他在一旁静静地听着。每当我们说到一些搞笑的事情时，他也会在一旁勾起嘴角。其实当时我有想过，是不是搞研究实验的人，都会像小贾这样，不太爱说话。但后来还是觉得，爱不爱说话这种事儿，还是跟性格有关的，并不是每个人都会像我一样，是个话痨，哪怕是同第一次见面的陌生人聊天，也不会冷场，因为总能找到话题。

我们在黄浦江上坐轮渡，从滨江大道跑到外滩。那是我在上海这么些年，第一次坐轮渡，渡船穿越黄浦江的时候，阿文和小贾迎着江风站在甲板上，我给他们拍了张合照。阿文说，那是他们俩为数不多的合照。

那是我第一次给阿文和小贾拍照，却没想过也成了最后一次……

五

阿文告诉我，不想和小贾结婚的时候，我问过，是不是发生了什么？

她说没有，只是忽然间就不想和这个男人一起共度余生了。

我问，是厌倦了？还是失望了？

她说，可能都有吧。

这是他们在一起的第五年，还没到别人说的"七年之痒"，就好像已经度过了无数个春夏秋冬一般。

阿文第一次跟我说小贾"拈花惹草"的事，是在她跟我说想结婚之前。

那时学校里传出，小贾和其他系的一个妹子的绯闻，虽说是绯闻，但这事儿也不可能是空穴来风。不过那时阿文没有太在意，哪怕空穴来风必有其因。

她第二次跟我说小贾"疑似想出轨"的事，是在她跟我说不想和小贾结婚之后。

阿文原本在美国纽约州读书，后来为了和小贾在一起，申请转学到南犹他州的学校。他们在学校附近租了一套公寓，一起生活，一起读书，一起为了将来留在美国工作努力。两人各买了一辆车，闲暇时间会一起出去钓鱼，或者去靶场射击，阿文跟我炫过她在美国持枪射击时的照片，看上去英姿飒爽。

后来，他们换了一套大一些的公寓，因为家里空着一间房，所以想着租出去分摊一些压力。租房之类的事情，都是小贾在办，阿文一般不太过问，所以某天当她开门回家，看到一个妹子坐在沙发上时有点诧异，不过想到可能是租房的留学生，所以也没多说什么。

但之后几天，妹子搬进来后，小贾大半时间都是在跟妹子聊天，以前两个人住时，小贾还会做饭，现在却是多半和妹子一起出去吃。因为那段时间，阿文忙于课业和论文，一直也没管他，只当是一个学长对学妹的照顾。

可后来，考试结束，三人准备出去撮一顿庆祝时。小贾开车，居然主动开车门让妹子坐在副驾上，要知道，以前副驾驶都是阿文这个正牌女友的位子，现在居然让其他人占了。她在明知道小贾两人是情侣的情况下，还主动挑衅，这让阿文非常不爽。

在外面，阿文给足了小贾面子，没跟他吵，但回家之后，两人大吵一架。阿文让小贾带着他的妹子，滚出她租的公寓，再也别回来了，小贾不同意。最终，以小贾主动"跪搓衣板"道歉和妹子搬走结束。

虽然生活在美国这样一个比较前卫的国家，但有些事情，对于情侣来说依然是难以接受的，比如，"爬墙"跟文化无关，也和来自哪个国家无关，我想，不管是哪里的情侣，都难以接受自己的另一半出轨。

在美国生活，性格好的，长相不丑的人都会容易招桃花，这点在阿文身上也是一样。虽然被人喜欢和倾慕，是一件非常值得开心的事，但这种开心还是放在心里就好，不要付诸行动。不求弱水三千只取一瓢饮，但求当你和一个人在一起时，能够一心一意。如果某天，你不爱她了，请告诉她，虽然会伤心难过，但之后会各自生活，那时你可以，去寻求之前对你倾慕的人。

六

前段时间，阿文告诉我，小贾因为"学术抄袭"事件，被驱逐出境。不知他何时，才能重新申请到签证。

而阿文也计划着申请转学，离开这个回忆之地，去往一个新的学校，然后在那里完成自己的学业。

此后，几乎没再听阿文提起小贾的事情，关于他们，我也不知是否还有后续。不知他们是否会像我那样，心里最终放下时，还会偶尔和那个依然待在南京的人聊上几句，问问彼此近况。

写到这里，不知为何，忽然想起那天晚上，在滨江大道上听一个路边的流浪歌手唱过："没有不散的伴侣，你要走下去。没有不终的旋律，但我会继续。"

那些我们原本以为会一路同行的人，不知在哪个路口就悄然改变了方向，等我们回过神来，才发现他们已经渐行渐远，那些我们原本以为会相伴到老，携手赴死的人，不知在何时悄然地从我们身旁越过往前，拉住了别人的手，去往了一个没有我们的未来。

这世上，不是没有那种至死方休的守候，但最终也总有人会先走。

这世上，没有不散的伴侣，我们总要走下去。

人生是一场错过，愿你别蹉跎。

找个人旅行，不如找自己旅行

一

上午在办公室忙得热火朝天的时候，忽然收到发小发来的一条消息，问我："在吗？"

看到这条消息，我脑子里蹦出来的第一反应，居然是他的QQ被盗号了。这不能怪我疑神疑鬼，主要是因为之前碰到过不少这样的情况，都是先发一句"在吗"等你回复之后，第二句就是各种理由来"骗"钱，让人烦不胜烦。所以碰上这样的状况次数多了，就让人有点下意识的反应。

不过还好，这一次并不是骗子上门。多年没见的发小，他是来通知我喜讯的——下周一，他就要在老家结婚了，问我有没有时间回去一趟，参加他的婚礼。

这个"黄道吉日"选得时间有些尴尬，我周末要去扬州出差，下周一又有两场会议，所以没办法请假，自然也赶不上回去参加他的婚礼，因此只能提前祝他新婚快乐。

其实，小时候我跟发小的感情很好，因为是邻居，而且年纪相仿，总是一起玩耍，算得上是穿着开裆裤一起长大的。但随着年岁渐长，学业繁重，毕业之后又去了不同的城市工作生活，彼此之间的联系便也越来越少。

上次见到他，还是两年前，在苏州。那时，他刚好带着女朋友去苏州玩，我正好去苏州见一个朋友，所以就约在一起吃了顿饭，而后再通信，便是今天，他来告诉我要结婚了。

这几年，身边的朋友和发小，都陆陆续续地结婚了，算上他，已经是10月份第四个办喜事的了。这么些年，大家各自生活，偶尔打扰，而今他们当中越来越多的人，要为人父为人夫，为人妻为人母了。

而今，尚未婚娶的人，越来越少，我算是其中一个。

他问我，打算什么时候结婚？应该也快了吧？不然要被家里人追问死了。

我说，哪能啊，我都还没考虑过，觉得自己现在过得挺好的，暂时没想过要娶老婆生孩子，何况，自己现在才二十几岁，成家的事儿还早。虽然家里人有追问过我，不过自己现在经济独立，完全可以自己养活自己，甚至还有余钱可以给家里，所以他们想要逼我结婚的话，比较困难。

他打趣道，难道你还想成为不婚一族或者丁克一族不成？

我说，有考虑过，自己一个人过得挺好的，即便是生病了也都是自己去医院，因此还不需要人照顾。而且一个人生活的话，可以租房子住，完全没有必要买房子，现在上海的房价贵得离谱。何况，现在这个年代生养小孩的成本太高，以前都是养儿防老，现在养儿不啃老就已经是万幸了。

貌似发现跟我的三观相差有点大，于是他直接说道，你那么喜欢出去玩，但总是一个人出去，也太没劲了吧。结婚以后，可以跟你老婆两个人一起出去玩啊，这样不至于去洗手间的时候，连个看行李箱的人都没有。

我打趣道，就这个问题来说，你的担心是多余的，因为我出去旅行都是背包，从来没用过行李箱，所以不用考虑行李箱丢失的问题。

后来，因为手上工作太多，没时间继续跟他聊，只好下次再聊。

二

上周末，我刚过完自己的26周岁生日。

但，如果按照老家的算法，我度过的却是自己的27岁生日，而现在是十月，这意味着再过三个月，自己就已经是28虚岁了。

这个年纪，在农村，还没结婚的人真的非常少，像我妹妹跟我一般年纪，都已经是两个孩子的母亲了，大女儿都已经上幼儿园了。

这些年，去我家说媒的人挺多，但是因为我不同意相亲，所以老妈只好婉拒每一个媒人。理由是，我还想要再"玩"几年。老妈知道我这些年一直喜欢到处旅行，周围的邻居也有不少人知道。不过在他们看来，到我这个年纪还不成家生孩子，不管做什么，都只能归咎于"好玩"二字，或者说得严重一些，就是"不务正业"。

他们也不是没劝过我，说喜欢到处旅行也无所谓，可以等结婚了，带着老婆孩子一起出去玩，这样才不算耽误。但我自己却从来没考虑过这样的事情。

因为，于我而言，旅行是一件很私人的事情，在旅途中我可以全心全意地做自己，暂时抛开生活中的所有面具和伪装，不用揪心还有多少工作没做完，也不用想着明天还要早起。每一天睡到自然醒，然后只需要想着，去哪里看风景，去哪里吃美食，去做哪些自己觉得有趣的事情，像是徒步、登山、潜水、蹦极、高空跳伞，等等。

如果是和家人一起旅游，尤其是和老婆孩子一起出去，就要制定好所有的行程，不能随遇而安，而且旅行途中会碰到很多事情，这些事情都有可能引发争吵，就像我喜欢住民宿，她喜欢住酒店；我喜欢极限运动，她喜欢在海滩上晒太阳拍自拍照发朋友圈……毕竟每一个人的想法和喜好都是不一样的，而出现这种状况，就意味着必须有一方最终需要妥协。不管怎样，都会让人觉得心里不爽。

更何况，成家是责任的同义词，老婆和孩子都是你的责任，父母并没有责任和义务去照顾你的孩子，而且现在的婚姻和生育成本非常高，我个人并不觉得在结婚生子之后，还有多余的时间金钱可以去旅行。至于拿着父母的钱到处游山玩水，吃香的喝辣的，这种事儿，我是干不出来的。

这些年，虽然我到处旅行，但每一笔旅行的花费，都是自己积攒的，哪怕是最早的那次毕业旅行，也是大学四年一点点靠打工慢慢积攒而来的。

　　读书的时候，我从未远行过，也几乎不买很贵的物品，因为那时我没有经济来源，每一笔生活开销都来源于父母，我自认没有足够强大的内心，可以把向父母讨要更多的生活费当成一种理所当然。所以，我人生当中的旅行，都是在我毕业之后才真正开始的。

三

　　第一次旅行，是在2012年，那年我毕业之后，没有立马找工作上班。而是取出了这些年的积蓄，竭尽全力说服了父母，开始了我人生中的第一次长途旅行。

　　其实，刚开始时，我也有想过找个人一起结伴旅行，这样不仅可以让父母放心一些，自己心里也有个底，毕竟长这么大，那还是我第一次一个人独自远行。但那时智能手机还不普及，我用的还是旧式手机，也没有很多旅行APP可以使用，所以最终出发的时候，我是独自一人。

　　那时心中有执念，选择了一路向西，将旅途的终点，定在了西藏。我从上海出发，飞到湖南长沙，然后从长沙一路穿越贵州、云南，最后到达拉萨。在张家界仰望过天门山，在凤凰古城的吊脚楼上看过日落，在凯里见证过夜色中千户苗寨的长明灯同星空交相辉映，在安顺目睹过黄果树瀑布的壮美，在昆明吃过正宗的云南米线，在大理徘徊过古城的每一个路口，也在丽江大研等过一些人，穿越过无数次听闻过的香格里拉，一路徒步搭车抵达拉萨，走过318，也触及过青藏高原上的那些壮美和宏伟。

尔后，回来工作一年，再次辞职出发，穿越过大半个中国，翻越喜马拉雅山脉，从樟木口岸出境，去往尼泊尔。

再后来，回来之后辗转南京、上海两座城市，最终敲定了一份自己还算满意的工作。在这之后，没有再辞职旅行，而是开始了多数人休年假旅行的方式。毕竟这一年，我已经不再是刚毕业的小男生，想要旅行得更远，想要看到更广阔的世界，想要渐渐过上自己满意的生活，这些都需要建立在一个还算不错的物质基础之上。

这些年，在旅途中遇到过很多人，有喜欢的，有讨厌的，但多半都属于那种擦肩而过，便不会再记得的。与一些人同行过，但之后却再无联系，也认识过一些人，直到现在依然保持着联络。

记得2012年徒步搭车去西藏时，在318上遇到一些妹子。她们每天在县城的通行站里跟阿兵哥撒娇，寻求帮助，希望他们能够帮搭到一辆去往下个城镇的车辆。而司机因为需要在通行站进行检查，一般也都不会拒绝阿兵哥提出帮忙的要求。于是，这些妹子每天晚上到了城镇之后，逛一逛，洗漱睡觉，然后第二天一大早继续到新城镇的通行站，重复之前做过的事情。最后抵达拉萨之后，在各种微博、朋友圈里晒自己徒步搭车到了西藏。

我和小伙伴们，并不太喜欢她们这样的方式，会给那些当兵的人造成不必要的困扰，而且也会错过很多在路上的风景，但是对于独行的女生或两个组队的妹子而言，这样的方式也比较安全一些，所以也不会有人说什么。但通常而言，喜欢纯粹旅行的人，不太喜欢和这样的妹子打交道。

还有，在波密县，遇到过两个妹子，她们跟一个富二代男生组队，每天跟着男生吃香喝辣住酒店，但自己不出一分钱。虽然男生自己可能觉得无所谓，但在很多旅行者看来，这样的行为会让人觉得不齿。

另外，还遇到过那种半路撂担子，耍脾气的人，男女生都有。

记得2013年，在徒步丹巴莫斯卡环线穿越的时候，组队七人，需要耗时七天。刚开始两天还好，大家还算相处愉快，结果到第三天，队里一个妹子走着走着，忽然坐在路边耍无赖，哭着闹着不走了，说脚磨破了，太累了，不想走了，要回家。

顿时，队里的其他六个人就都无语了，领队也很无奈，毕竟这个妹子是他带来的。原本事先交代过，是负重徒步，会非常辛苦，还需要在山里露营，就是怕妹子中途受不了。不过妹子打包票说肯定能行，不会拖队伍的后腿。结果还是缺乏锻炼，也缺乏经验。

在山里无法通信，更谈不上良好的交通，根本不可能立马走出去。而且大家既然组队了，就是队友，身为队友，我们有责任和义务，在对自己的生命安全负责之外，对自己的队友负责。所以，没有人想过把她丢在这里不管。于是，同队的妹子开始给她做思想工作，男生将她包裹分摊，替她背着，要知道负重徒步，每个人的背包都很重，男生的包通常都在20公斤左右。结果，还要替别人负重，可想而知会有多累。

几天之后，好不容易从山里出来，大家都松了口气，妹子也仿若重获新生，还约着同队的人，说下次有机会再一起出来徒步，或者一起出去玩啊。虽然大家嘴上都没说什么，但我知道，在这之后，没有人会再愿意跟她一起旅行，包括带她进队的领队大哥也是一样。

　　没有人愿意和这样的队友一起合作，因为她的无理取闹会给队友带来更多风险，队友之间最起码的相互理解和扶持都做不到，当然不是一个好的旅伴。

四

　　旅行中就像是有一张无形的网，会把那些不适合与自己同行的人，逐一筛掉。最后留下来的，都是那些能够谈得来，不让人觉得讨厌，希望将来在路上能够再遇到，或者愿意相约一起走一程的人。

　　而今，越发坚信旅行是一件自我而私人的事情。你可以选择任何你喜欢的方式，也可以远离任何你不想打交道的人。

　　可以骑行，可以徒步，可以登山，可以跳伞，可以潜水，喜欢海岛就去跳岛游，喜欢酒店文化，就去住各种特色不同的酒店，喜欢自然风光，就去看山川河流，喜欢人文景观，就去看亭台楼宇。

碰上觉得处得来的朋友，就一起穿山过河看海，相约来年再一起去不同的地方看风景，碰上让人觉得讨厌的人，第二天就选择告别，就此成为路人甲乙，再无任何言语交流。

旅行是属于你自己的事情，没有必要委屈了自己，而去迁就别人。

与其找个人旅行，不如找自己旅行。不需要迁就别人的喜好，不需要等待，也不需要让别人等你。只要有勇气踏上旅途，一路前行，就会遇到越来越多在路上的人，有些人会让你觉得相见恨晚，有些人会让你心存感激，还有些人会让你只想远离，甚至有些人会让你心生厌恶。

这种时候无须在意太多，跟自己处得来的人在一起旅行吧，这样会让你觉得旅行是一件舒服且愉快的事情。

你的下一次旅行，是不是还在等待某个未知的同行者？与其放任时间流逝，不如抓紧时间自己先出发吧。

坐上我的摩托车，带你离开不快乐

一

有人说：人之所以痛苦，是因为在于追求错误的东西。

记得，第一次听到这句话时的感觉，就像是有人敲响了洪钟大吕，将人从茫然浑噩中惊醒，醒觉后，发现自己的世界里，陡然投射进来一道光，驱散了周围的迷雾和寒冷。以往所有难以言表和无法言传的，都在这一刻有了一个明确而清晰的表达，经历的所有"苦难"都好似找到了一个源头——追求错误的东西。

曾经，在相当漫长的一段时间里，我将这句话奉为人生信条，并对此深信不疑。

那段青葱岁月里，我一直被心中一些莫名的事物侵扰，为此"痛苦不堪"，觉得自己的人生太过苍白无力，太过黑暗无光，与其如此不堪地生活于世，还不如早早超脱的好。

年少时的迷惘，碰上不撞南墙不回头的执着，于是衍生出那个年纪特有的"撕心裂肺"，心底里头有根敏感而脆弱的弦，所有与此有关的人和事，都轻易不能触碰。不管，因为什么样的原因被人触及，都会让自己的整个世界随之崩塌，继而昏暗无光，一片荒芜。

然而，现在想来，当年那些所谓的"痛苦不堪"和"撕心裂肺"，无非是一些少不更事时的爱而不能和求而不得。如今看来，当年的自己真是蠢得可爱，傻得可怜，执着得让人心疼。

那时读书少，对很多事情知之甚少，单纯得以为只要学好了老师教的东西，就能过好接下来的人生。多年之后才察觉，其实当年学过的很多知识在当下的生活里，是完全帮不上忙的，甚至在以后的生活里，也未必能用得上。有些东西是读再多教科书和参考书，做再多习题和考卷，也帮不上忙的。那时阅历浅，或者该说根本没有阅历，谁能指望一个每天埋头苦读，往返于教室、宿舍楼和食堂的人，能够去了解生活，甚至是理解人生呢？

即便偶尔偷看两三本闲书，知道原来大城市里有"罗森"，有"柠檬味的汽水"，有男女之间纠缠不清的感情，有机场，有火车站，有川流不息的人潮，但这些之于当年的自己而言，不过是海市蜃楼。它们既不能驱散心里迷茫的大雾，也不能成为人生道路上指引方向的灯塔，唯一的作用，也只是催促着那颗悸动不安的心拼命跳动，让自己再努力一点，更努力一点，然后快快长大，这样就可以走出去，看看这大千世界了。

古人云：师者，传道授业解惑也。我们的老师，虽然也传道授业解惑，但传的道是教科书，授的业是如何考试，解的惑也不过是怎样正确地去解一道题目，怎样写一篇改卷老师会喜欢的"应试八股作文"而已。至于，什么是爱情？如何在世上生存？梦想是什么，我们该如何去追求？诸如此类的疑惑，他们是不解的，不仅不解，甚至对此讳莫如深，即便偶尔提及，也都只说等你考上了大学，到了那个年纪，自然就会明白了。

而今想来，其实当年，并不是老师不替我们解惑，而是，他们自己也不知道该如何作答。人生里的绝大多数事情，都不像是数学题那样，有一个标准的答案，只要你知道套路和公式，就知道该怎样去作答，每个人的人生经历和阅历不同，面对同样的事情，所做出的选择和给出的答案也不尽相同。

就像你问"什么是爱情"时，有人会回答说，爱情是一个男人和一个女人在一起，愿意为彼此付出所有，相伴到老。

有人会回答，爱情是一个女人爱上一个男人，愿意同他一起生活，为他洗衣做饭，生儿育女。

也有人会说，爱情很简单，它只是一个人爱上另一个人，仅此而已。

还有人会说，爱情不是婚姻，不是性，不是儿女成群，而是凌晨五点钟，我想要伸出触碰你却又收回的手。

更有甚者会说，爱情是一种超越年龄、性别、生死和时空的感情，它是一根纽带，维系着两端的人，任何障碍都不足以成为阻挠。

你看，面对同样一个提问，不同的人给出的答案不同，而我们又怎能奢求别人，给你一个准确的回答？

佛家语："人生七苦，生、老、病、死、怨憎会、爱别离、求不得。"

　　其中"生、老、病、死"是生命的常态和轮回，并不以人的意志来转移；"怨憎会"则取决于一个人的心胸和器量，多半人不会痴傻到在怨恨中度过半生；而"爱别离"却是始于造化弄人，不想见的人终要相见，不想分别的人却终会离别，人生即是如此，说是有缘也好，无缘也罢，不过是给自己一个释怀的理由罢了。

　　这些都不能说是人生中的选择和追求，所以也谈不上因为追求这些而痛苦，唯一说得过去的也只有"求不得"，然世间之物无限，想要样样据为己有，本就是一件不可能的事情，若是你想要天上的日月星辰，难道还真能摘下来不成？

　　人生里的确会有痛苦，但真真切切的痛苦却也并不多，数来数去也就那么些，而且这些痛苦只占据了漫漫人生中的一小部分，所余皆被其他填满，痛苦一生的人也有，但极少，毕竟将苦楚化为苦海，也非常人所能为之事。

　　何况，追求这种事儿，究其根本还是自己私人的事情，遑论正确还是错误。就像以前，我一直幼稚地以为，这世界非黑即白，非错即对，可现在走过一些路，遇过一些事，才发觉，若是生活于世有那么简单就好了。

　　这世上存在绝对的黑白，但那是极少数，绝大多数事情

223

都处于黑白相交会的灰色地带。对错这种事都是相对的，这取决于不同人的不同准则。所以追求和选择，也根本谈不上是正确还是错误，只要不是做违法犯罪的事，只要没有因此侵犯和伤害到别人，那么就可以走上自己选择的道路，不用太去在意旁人的言论。但若是现在选择的道路，到时没能抵达你所期待的未来，那时不要后悔、埋怨、否定曾经的自己就好。

如今觉得，当年我奉若人生信条的那句话，现在却是已经不再赞同了。人生哪儿来那么多痛苦，至多只是不快乐罢了，而且那些痛苦，也多半与追求无关，我现在觉得，人之所以不快乐，无非是因为追求的东西不能让自己快乐罢了。

二

前段时间跟老妈视频聊天，她告诉我，我那定居生活在南京的小学同桌生孩子了，是个大胖小子，她家里的人可开心了，听得我唏嘘不已。虽然我知道老妈的言下之意是催我早点结婚生子，但我想到的却是其他事情。

我曾经，喜欢过我小学同桌一些年，不过现在想来，这种喜欢更多的还是偏向于青梅竹马之间的好感，要说是男生之于女生的那种喜欢，却也是不像的。就好像是小孩子很喜欢吃的糖果，哪怕自己留着不吃，却也不想让给别人那样，倔强而别扭地强留着。我的青梅竹马，自然只能是我的，怎么能让给别人？

想来觉得挺好笑的，初中时第一次得知她和别的男生谈恋爱，还伤心难过了好一阵子，虽然那时的我，真的不太懂"爱情"是个什么玩意儿。它又不能吃，为什么那么多同学都想要谈恋爱？而且不管老师怎么禁止都没用，若是不能光明正大地恋爱，那就奋力转移成为"地下恋情"，搞得跟"地下党"似的，总之，坚决要和打击恋爱的"强权势力"抗争到底。

在那时的我看来，她交往的男生看上去确实挺高大帅气的，比起还没发育，看上去跟个"小豆芽"似的、长相普通的自己要好多了。

现在，她结婚生子，丈夫不是多年前那个高大帅气的男生，我没参加她的婚礼，没参加她儿子的百日宴，她也没邀请我。当年，一起上下学的青梅竹马，一起走过许多年的同桌，现在，已经淡到多年都不曾联系过。

说实话，我现在，都已经有些记不清她的模样了，甚至连和她一起读书时的记忆也都已经忘得差不多了。

还记得很清楚的，是小时候每天早晨到她家门口，等她一起去学校，有时阿姨会多给我准备一个鸡蛋，我会快乐地一边剥鸡蛋，一边等她穿完衣服吃完早餐，然后一起出发。

至于，是因为那种简单的快乐而记得这段记忆，还是因为记得她而记得这段快乐，我自己也不清楚。但不论怎样，肯定，都是因为那时的单纯快乐啊。

年少时，我曾有过的两段懵懵懂懂的感情，一段是刚说过的青梅竹马，而今她已经嫁作人妇，为人妻为人母，在家相夫教子。而另一段的主角，却是已经完完全全消失在了我的生活里，音信全无，不知身处何地，做着怎样的工作，是否已经成家立业，又过着怎么样的生活。

这个人，曾在我的青春里，留下浓墨重彩的一笔，明明只是一个普普通通的同学，甚至谈不上有多优秀，但是却让我在那段时光里过得"痛苦不堪"，乃至到后来，我为此人放下尊严和理智，困入迷惘，陷入抑郁。因为那时所有的认知，都告诉自己，我错了。可是却又不知道究竟错在哪里。

是这个人，教会了我，什么叫爱而不能。

记得上次我们见面，还是在2009年，如今已然过去了八年，八年的时间足以改变很多东西，就好像是现在的我会对那时的自己嗤之以鼻一样，不过是一段青葱岁月里的幼稚情感，竟然还在意和难受了好些年。单方面的喜欢和付出，换来的是自己很长一段时间的不快乐，如果这是在做生意，我肯定是赔得只剩内裤的那一方。

虽然，现在才说不值得，已经太晚，也没有任何意义，毕竟都已经过去了这么些年，所有付出的和因此错过的，都已经收不回来。只求那个我曾傻傻喜欢过的，让我"痛苦"过的，如今却怎么也联系不上的人，能够过得平安快乐，所有想要的都能得到，得不到的都能释怀。

三

很久之前，约翰·列侬的演出海报上，曾经印着这么一段话：

五岁时，妈妈告诉我，人生的关键在于快乐。

上学后，人们问我长大了要做什么，我写下"快乐"。

他们告诉我，我理解错了题目。

我告诉他们，他们理解错了人生。

这段话，原本是走心的一段英文，但翻译成方块字之后，却让人觉得更显得亲切。有不少人觉得这是一段非常文艺和作秀的话，说出来分分钟让别人觉得自己文艺爆表，可又有多少人深思过这句话背后的意义？短短几句话，道尽了人生。有人赞同是"我"理解错了题目，有人嗤笑是他们理解错了人生。

其实，谁都没理解错，只不过大多数人将人生理解成，为"要做什么"而生活，而少数人将人生理解成，要为"快乐"而生活。因为追求不同，所以理解不同。

不过，我倒觉得，单纯追求快乐的人，会比较容易快乐。因为他所追求的东西，就是为了让自己快乐啊！那些会让他觉得不快乐的东西，肯定是不会在意的。

阿祥，是我一个认识多年的朋友，坐标同我一样是在上海。不过跟我这样直到大学毕业，英语六级都没能过的学渣不同，阿祥他是一个妥妥的学霸，211院校本硕博连读，毕业时导师帮忙推荐工作，并于今年11月底去美国工作交流，如今在一家超导科技材料公司出任CEO。

我一直觉得，阿祥算是我们这年青一代在大城市奋斗打拼的优秀代表，不到30岁，就已经拿到了上海户口，在上海住着一套蛮大的复式公寓，几个月前还自己全款买了辆Jeep

的城市越野，不管怎么看，都是"父辈心中成功人士"的典型代表。

　　不过，每次和阿祥一起吃饭，我夸他牛掰时，他总是笑得很腼腆，一点都不像他在工作时的雷厉风行。对于阿祥能获得现在的一切，我一点都不觉得奇怪。因为，和我这种喜欢追求快乐，追求一些他人看来有些不切实际梦想的人不同，阿祥的爱好和追求很简单，也很直接，那就是赚钱。

　　记得五年前，刚和阿祥认识那会儿，我们聊到过彼此的爱好和追求。当时，他告诉我，他的爱好是赚钱，追求是赚很多钱时。我当时有些目瞪口呆，因为在我的印象中，像阿祥这样腼腆认真的白衣少年，爱好和追求大多会是一些比较文艺和理想的东西。例如，成为一个好的星空摄影师，追逐着全世界各地的星空，定格下每一个美到窒息的瞬间，然后举办一场个人的摄影展览；学好吉他、尤克里里或者冬不拉，唱出像马頔的《南山南》和《傲寒》那样的民谣，然后能出一张自己的个人专辑之类的。

　　结果阿祥脱口而出的追求，却是如此的简单粗暴，让我尴尬得不得不拍手称快。在这样一个文艺当道，追求自由和梦想的年代，大多数人要么追求成为歌星、影星或喜剧人，要么就是追求山水田园般的诗意生活。如阿祥这样物质追求明确，却又能自我实现的人，不多。至少我身边的一大票朋友里，也就只有阿祥这么一个。当我们在电影院看电影，在周边城市旅游，甚至出国度假时，阿祥不是在公司加班，就是在去实验室加班的路上，虽然工作很累，但他沉浸在工作的快乐里，因为赚钱让他觉得快乐。

如果说，阿祥是我身边朋友当中物质生活追求的典型代表，那么，盼盼就是精神生活追求的典型人物。

虽然他和其他几个朋友，在成都创建了一家名为"群青"的文化传媒有限公司，主做精品的潜水旅行路线，表面上看是为了赚钱，但我觉得他赚钱的目的，不过是为了能走得更远，玩得更快乐。穷游虽然是一种非常有意义的旅行方式，花费相对来说较少，还能让人体会到不一样的快乐。但旅行当中的一些事情，却也是花费颇多的，一旦爱上了，并将它作为爱好追求之一，那么花费会更多，比如说潜水、登山、高空跳伞、小型飞机驾驶，等等。

上个月，盼盼刚在菲律宾薄荷岛完成了潜水教练课程，并且经考核，正式成为PADI旗下一名帅气的潜水教练。而潜水这项极限运动，如果想要成为专业人士，从最初的初级休闲潜水员到潜水教练的学习花费，和缴纳给PADI（专业潜水教练协会）的费用，林林总总，加起来差不多得有十多万元。这并不是一个小数目，尤其是对于喜欢旅行的年轻人来说，如果在旅行中爱上了某项极限运动，并将它列为追求之一，那么得努力赚钱才行。

在顺利通过潜水教练考核之后，盼盼还打算去南极冰潜，用他的话来说，这不仅极具挑战，还超级"烧钱"。因为想要去到南极，只能搭乘去极地科考的船只，而那船票的价格相当高。想要追得上梦想的步伐，有一颗简单纯粹的赤子之心，还是不够的，得让你自己的钱包也能跟梦想一样鼓才行。

而且盼盼还打算申请新西兰和澳洲的工作旅行签证，想要在30周岁之前到这两个国家，体验一下在异国他乡工作旅行的生活，除此之外，他还喜欢登山。"每年登两座山，潜一片海"，是他近些年的口号。原本他打算今年去印度尼西亚徒步火山线路，若不是九月份印尼火山喷发，他应该早就完成这趟火山徒步之旅了。另外，盼盼打算等到徒步登山的经验再丰富一些之后，能过巴基斯坦的K2，在那条颇具难度的线路上，挑战一下自我。

他想做的事情，还有很多，每一个追求，都是为了快乐！

他每一年都会有一些新的想法和追求，然后奋力实现它，比如，他前段时间考上的潜水教练，是他去年才有的想法，就像前段时间他还在跟我们这些经常一起旅行的小伙伴，相约明年一起去珠峰东坡徒步那样。

盼盼常说：最怕一生碌碌无为，还安慰自己平凡可贵……

忽然想起之前在菲律宾潜水时，遇到过个同行的大哥，他的孩子开学就高三了，却在暑期带着他的孩子来学潜水。

我们问他，暑期难道不应该让孩子上各种补习班吗？

他对我们说，他告诉他的孩子，人生应该快乐。

当我们听到他的答案时，觉得内心震颤不已，能有一位此生认同追求快乐的父亲，对于孩子来说真是幸事，至少在很长一段岁月里，这个孩子都会为追求快乐而生活。而现在想来，能和阿祥、盼盼这样追求纯粹的人成为朋友，又何尝不是我人生中的幸事呢？

每当我想要在人生追求途中懈怠时，他们都会给予我继续坚持前行下去的动力。

我想要写一本书，跑一场马拉松，来一场环游世界的旅行，希望某一天这些都能实现，而不是像现在这样依然停留在口头上。周围许多人都告诉我说，你不行的，你看，写一本书多难啊，跑一场马拉松，四十多千米呢，多累啊，环游世界，多不现实啊，还是安安分分地上班工作，早点成家立业结婚生子才好。

每当我想在这些质疑和嘲笑声里放弃的时候，就会想到阿祥、盼盼的追求实现时快乐的样子，想着等我的这些追求实现时，我也要像他们一样笑得开心才行。

于是，我就在这样一次次打算放弃和继续努力的状态下，一点点地前行，并且变得愈加坚定。从一开始的一件事情三分钟热度，到现在的一样追求可以坚持好些年。就像我现在坚持写作、读书、跑步、游泳、做电台、旅行，这些都是我想要做的，它们让我觉得快乐，所以，为什么不继续追求下去呢。

这世上有很多事情，是不能等的，因为这一等，很可能就会永远错过。就像前几年香格里拉的独克宗古城，因为意外火灾，而焚毁殆尽。很多想去却一直没去过的人，再也见不到那保留了四百多年的古朴小城，即便再建了，做旧了，可岁月洗礼留下的味道，却永远无法伪造出来。

不想等到心跳慢了，才去开跑车，不想听别人说胖了，才开始减肥。

梦想和追求容易被遗忘，记得写下来。

说到这里，想起许久之前记下的一个愿望——考一张摩托车驾照。不过这个想法，到现在也还没能有机会实现。

有段时间，特别想学摩托车驾驶，尤其是在东南亚旅行的时候，因为我觉得开摩托车很酷很拉风。四个轮子的汽车，我倒是开过不少，驾龄也有四年了，但两个轮子的除了脚踏车，我也只会开小绵羊。

想到得有摩托车驾照，才能在旅行时租到帅气的摩托车，我就郁闷不已。之前拿着护照，只能租到秀气的小绵羊，开起来可一点都不拉风，不过为了安全起见，我也没得选择，真想能早点抽时间去考一下摩托车驾照啊。

这样，到时我就可以开着一辆拉风的摩托车停在你面前，要帅地跟你说一句：

喂，走吧，我们去兜风，坐上我的摩托车，带你离开不快乐。

你有誓言般的梦想，即不能停止流浪

一

十几岁，读初高中那会儿，我特别想给自己改个名字，叫刘浪。

尽管现今看来，这一个非常普通的名字，既不像是偶像剧，或者影视剧里的那些名字，文艺帅气，也不像是类似欧阳、诸葛之类的复姓名字，听上去就颇具个性，相当抓人眼球，还不容易和人重名。但，当时，我就是非常喜欢这么一个普通的名字，只因为它念起来的发音和"流浪"一模一样。而那些年，我特别特别渴望，能够抛开一切，出去流浪，那样，就再也不用埋在书山题海里，拼命挣扎。哪怕，当时年少的我还不明白"流浪"这个词背后所代表的意义。

那个年头，在我们镇上，改名字还是一件相当普遍，且容易的事情，只要持有相关的证明文件，并能在有关部门找到关系，就可以了。

我当时有个高中同学，他的名字原本叫施煜，后来改成了施梓浩，虽然个人觉得还是他的曾用名更好听一些，但现用名却也是文艺感爆表，颇有那么一点偶像剧男主或男配的意味。

而那时，我们班上改过名字的同学，不少于五个。

若是当年，我想改名，其实也不是没有一点儿成功的可能，毕竟我的姓氏同样是刘——这个，我从父亲那里，乃至家族里继承而来的姓氏。也是千万万家庭无比在意的起始称谓。即便到了现今，为了子孙的姓氏，亲家之间大打出手，甚至气到重病缠身，不治而亡的人，也不是没有。

虽然自己的姓氏刚好相合，但我们家讲究家谱字辈，每一代人都会有一个既定的中间名，像我爷爷那辈的"庸"，父亲那辈的"世"，我这一代人的"学"，以及子侄辈那代的"佳"。至于这些字号是如何来的，我到现在也不知道，只是稀里糊涂地拥有着自己的名字，所以每次有人问我，为什么要叫这么个名字时，我完全答不上来。

字辈，在家族和老一辈的传统观念里，是一个无论如何都不能舍弃的东西，它代表着家族曾经的骄傲和辉煌。因为在早些年，不是随便谁家都有资格拥有家谱字辈的，只有经过几代人传承，且在乡邻县里人丁兴旺的望族，才有资格拥有家谱和族谱。虽然现今看来，这些略显传统且迂腐的东西，有些落后于时代了，但依然有不少人拥护且遵循它，其中自然包括我的父亲。

所以，尽管年少时，父亲非常疼爱我，但单就这个原因，也抹杀了我想要改名的那最后一丝可能性。我单名一个"姜"字，一个很简单的字，却也颇有意思，这些年我认识过不少人，其中一些人在第一次念到我的名字时，稍不注意就会将这个字看成"美"，因为它们在外形上，是如此的相似。还有一部分人在听到我的姓名之后，会下意识地反问一句："是不是你的爸爸姓刘，妈妈姓姜，所以你才叫这个名字？"

我能理解，他们为何会如此提问，像是我一高中同学叫"陈李"，就是因为爸爸姓陈，妈妈姓李。但在我这边，其实是有些不一样。我妈妈并不姓姜，所以，"姜"这个名字的由来并不是我母亲的姓氏，它源于我的干娘，她的姓氏，是姜。

说起来，我的名字，还颇有那么一点故事色彩。听我妈说，我年幼时体弱多病，出生时只有不到四斤，且经常遭受"磨难"，有不少次都差点一命呜呼，家里常年供养着一位"顺气抹筋"的奶奶，一旦我有抽搐且顺不过气来的情况，就赶紧搭救，算是有惊无险地活到了三四岁。

我妈和奶奶原本以为，待到年龄大些之后，我会容易养活一些，但哪知情况并没有丝毫好转，年幼的我，就像是一个"磨难收集器"，各式各样的疾病和磨难都会找上门来，不是全身生疮化脓，就是手脚动不动脱臼，颇有点"小鬼缠身"的感觉。后来，我妈她们去找附近那远近闻名的盲人给我算命，说是要找一对属羊的夫妻认作"干亲"，才能消磨掉我身上的那些"不幸"，这样才会容易养活一些。

父母辈的人对此深信不疑，经过多方打听和介绍，最后终于找到了我现在的"干爹和干娘"，并认作干亲。说来也挺邪乎，我妈说，自那之后，我就越发地少生病，越来越健康，不知不觉都已经长到二十几岁了。

为了缔结干亲之缘，除了逢年过节的拜访问候，我爸还将干娘的姓氏用作我的名字，于是乎，便有了我当时，乃至现在一直使用着的名字。

此时想来，当年想要改名字，一方面是因为渴望流浪和逃离，另一方面，估计是青春期的反叛情绪在作祟吧，搁那个年纪，任谁有一个具有传奇色彩的名字，都会觉得很奇怪吧？

我生长在苏北盐城东台辖属下的一个村子里，初高中那会儿，我所就读的两所学校，是当时全县闻名的寄宿制"军事化管理"学校，以高压教育和颇高的升学率而著名。

初中时的休息放假安排，是每个月放四天假，高中时，是每个月两天，还算上来回时在车上的大半天时间。

那时寄宿，且因为升学考试压力颇大，所以除了应试教育的那些课本和题海，学习和生活里，几乎没有任何消遣和娱乐。偶尔有女同学趁着放假，从校外偷偷带进来一些诸如《青春美少女》《男生女生》《花火》之类的青春刊物，便会成为班上同学的集体消遣。但前提是，你得和这些女生关系好才行，要不然，是没有人愿意借书给你看的。

幸好，我当年在班上的女生缘颇为不错，所以这类青春读物从未缺少过，上晚自习偷偷摸摸地夹在作业本里看青春读物，一边看一边幻想，还要一边防止被巡逻的老师抓到，那贼头贼脑的傻样，也算是如今难得的青涩回忆了。

当然，那时这些小读物，还不叫"青春文学"，充其量只能算是一些流行于初高中生之中的刊物，上不得台面。不过，待我考上大学之后，却是见证了这类书籍刊物的"逆袭"，在一批"80后"青春作家成名的影响下，此类文字逐渐被媒体推到台前，集结成书，并大肆宣传推广，获得簇拥者无数。

二

2014年旅行时，去四川贡嘎徒步，攀登四姑娘山三峰，认识了一个上海姑娘，叫Lucy，是一家创业公司的服装设计师。

而我更喜欢叫她"罗汐"。

那年去徒步登山，是盼盼提议的计划，因为喜欢亲近自然，挑战自我，小伙伴也都纷纷响应，毕竟大家都是旅行过几年的人，徒步和登山的经验也是有的。原本大家都计划好了，该准备的装备也都到位了，聊得热火朝天，谁知盼盼半途又介绍了一个新人进来，使得我们原本一行六人的队伍，变成了七人，而这第七个人，便是罗汐。

罗汐，是盼盼在马来西亚仙本那潜水时认识的潜伴，因为潜水技巧相当不错，且经验丰富，所以被他戏称为"潜水皇后"。

虽然我知道，一般和盼盼关系不错的旅伴，人肯定都是不错的，这点从我们大家已经一起旅行过三四年，就可以看得出来。但是人好，和徒步登山经验丰富，是两码事。毕竟，徒步贡嘎和攀登四姑娘三峰都是有些难度的，没有人希望和一个"新人菜鸟"组队。因为成为队友，往往也就意味着要承担作为队友的责任，不抛弃不放弃，相互关照相互理解，是最基本的。一名不合格的队友，往往会毁掉一次行程，使得所有人都过得不开心，一些极其不合格的队友，甚至会有让自己队友面临危险的可能。

所以，对于一位"新人小白"的入队，当时我心底里是非常不赞同的，我想其他几位队友或多或少也都会有一些抵触情绪，但大家都没有明说。毕竟，盼盼是这次行程的发起者，也是我们名义上的队长，不管是作为朋友，还是作为队员，此时都不会有人站出来针对他，只不过心里已经做好了应对最坏情况的准备，就当是带一次新人了。

初见罗汐，是在成都的4号工厂青旅，所有人约好在成都碰头，然后再一起出发。

那天，从上海飞往成都的飞机晚点，我到成都时已经是晚上近10点，其他从全国各地赶来的人都已经入住青旅，开始养精蓄锐。从双流机场到4号工厂，已经是晚上11点，青旅的住户多半已经睡下，醒着的人只有三三两两，或是在loft公共区域里看书，或是在院子里抽烟。

房间里，盼盼他们也早已经躺进被窝，看到我推门而入，老朋友们都不禁起床与我拥抱寒暄，毕竟大家两年未见。而罗汐睡在入门左手边的下铺，看到我进来，也起身冲我微笑，算是打招呼。四人间里唯一空着的床位，是在罗汐的上铺，没想到我们初见，便有了同寝室、同上下床铺的情谊，这算得上是造化弄人吗？毕竟，对于她的入队，刚开始时我是颇有微词的。

尔后，为期一周的贡嘎环线徒步，却是让我打心底里，认同了这个个子不高，身材纤细，且因为潜水而晒得黝黑的上海姑娘。

徒步，除了挑战自我，原本是希望能看到此处独有的风景，奈何我们在贡嘎的那段时间，天公不作美，时不时下雨，山里烟云缭绕，往往远处什么都看不到，即便运气好时碰上晴空万里，可不一会就会被云雨遮挡，使得我们除了安营扎寨外，只能匆匆赶路。且因为雨水繁多，本就崎岖不平的山路，更加泥泞不堪，每迈出一步，都需要莫大的气力。

即便是在这样的情况下，罗汐也紧紧跟住了队伍的步伐，表现上也只是比起另外两个姑娘，稍显稚嫩了些，刚开始时，在体力分布和道路判断上不太到位，但后来越来越好。

每天晚上6点左右，我们会在近河流的平地上安营扎寨，清晨6点拔营出发，因为多雨，草地上湿漉漉的，往往也导致帐篷里，非常潮湿，哪怕是在睡袋里，也会觉得不舒服。可是全程下来，这姑娘，没有任何抱怨，没有撂担子哭闹，也没有因为一整周没法洗澡，就大发脾气，她完全是一名合格的队友，这一路上也因此非常愉快。

抵达终点站时，罗汐跟我们说："第一次徒步，感觉超级棒啊，太爽了，我们下次再约徒步吧。"当我听到这句话时，心里已经完全认同了这个新的队友和朋友，并暗自为之前自己内心的颇有微词而道歉，也期待着下次再一起出发。

如此，之后的四姑娘三峰之行，自然是非常愉快的。

如今，已然是两年未见，虽然之前，我和罗汐同在上海，但却因为各种各样的原因，没能见过，不得不说也挺是遗憾的。

想起，贡嘎山里，夜晚，我们围坐在一处篝火旁取暖唱歌，唱民谣，唱摇滚，唱赵雷，唱许巍，歌声回响在黑夜的山谷里，传出去很远很远，那时的我们，不是大城市格子楼里的经理，不是4S店的汽车销售总监，不是创意公司的服装设计师，不是国家事业单位的公务员，也不是某村上的村干部，我们谁也不是，只是一个普普通通、平平凡凡的旅人，彼时彼刻，那场雨里，贡嘎雪山见证了我们传唱别人的歌，倾诉自己的情。那时，罗汐唱着的，是《一生有你》……

想起，长途车上，我们坐在一起，聊起旅行，聊起流浪，聊起过往，唯独没有，聊起过将来……

罗汐身上，有一片巨大的鹿头文身，非常漂亮，盘踞在她的胸脯和手臂上，但看着让人生疼。我曾问过她，为什么要文这般巨大的文身，毕竟在国内，绝大多数人都不能接受姑娘家如此前卫。那时，她笑着说，当时文的时候，只是觉得好看啊，颜色特别鲜艳，造图特别棒，所以就在杭州文了。

她说得轻描淡写，好似只是喜欢，可她回答时的瞬间犹豫，还有眼睛里一时间的呆滞回忆，都说明了这背后有故事，毕竟文身，它不是贴贴画，不痛不痒，就算再怎么不疼，那一大片文上去，也总不可能没有丝毫感觉，而且即便将来后悔，也是洗也洗不干净了。

文身，是仪式，它的意义，只有文身的人自己知道，而罗汐究竟为何要去进行这样一场浩大的仪式？

不过大家都不是刨根问底的人，那是别人的事，即便是朋友，也不便多问，何况身为朋友，也无须多问，她想告诉你的时候，自然也就说了。

每个人心底里都有过往，你，我，也都一样。

和我们这样，辞职旅行，或者休年假旅行的小伙伴不一样，罗汐的工作相对来说比较自由些。之前，她每年有九个月的时间在上海工作，还有三个月的时间在外旅行，一些烦琐的事情都丢给助理处理，有时实在嫌助理电话太多了，就假装听不到，或者假装正在回上海的路上，反正那些事宜最终都能顺利解决。

虽然我说罗汐是在旅行，不过她自己却觉得，更有些到处游荡流浪的意思，没有目的地，没有终点，想到哪里，就去哪里，可能今天还在国内的某个小城待着，明天就已经乘上了飞往诗巴丹的飞机。这些年，她去过不少地方，云南、四川、西藏、菲律宾、马来西亚、印度尼西亚、新加坡等，只要想去的地方，终能抵达，可是内心却一直没找到一处归属。

去年，她去巴厘岛考潜水教练执照，并学习自由潜水，原本以为只是如同往常一般的旅行，没想到这一次却是停在那里。罗汐在巴厘岛认识了一个印尼人，一个潜水教练，那个印尼教练疯狂地迷恋她，而她也觉得他不错，于是，他们恋爱了，打算结婚，定居在巴厘岛。

我们这群小伙伴看到她发的消息时，微信群里直接炸开锅了，大家都没想到罗汐会在印尼的巴厘岛，找到属于她的爱情，更没想到，有一日牵起她的手，和她共赴后半生的人，会是一个印尼人，像她这样的好姑娘，咱国人将她拱手让人了，还真是可惜。

记得罗汐说过，她曾经和一个大她十岁左右的新加坡大叔恋爱，那时她觉得备受照顾，非常幸福。但是在上海的家人并不同意他们在一起生活，最终她只能忍痛割爱。

罗汐给我看过，她和大叔的照片，那时她还留着齐肩的长发，依靠在一个发福的大叔身旁，是个小鸟依人的温婉姑娘。但我们认识时，她已经剪掉了长发，短发齐耳，看着更像是个帅气干练的小伙子。

而今这次，不知她的家人是否同意，但听她的意思，好似已经做好了打长期战的准备，印尼的工作签证都已经办好了，至于何时结婚，却还是不知道。

能遇到一个你心仪，也对你倾心的人，并不容易。游荡流浪了这么些年，作为朋友，我衷心地祝福，她能找到自己的归属。

心若有处可依，不管到了哪里，都不再会是流浪。

三

曾在Lofter上看到过一句话：流浪并不一定要去很远的地方，也许你从未走过的陌生小巷，也会有不一样的风景。

对于这句话，我是不完全赞同的。如果将这里的"流浪"换成"游玩"，我想我会高举双手赞同。至于其中的区别，大概相当于"流浪歌手"和"街头驻唱歌手"的区别吧。一个是漫无目的，四处游荡，常常是于一处惊鸿一瞥，此后，便再不会遇见，一个是定时定点出现在同一处地方，常常遇见，你可能也常常驻足喝彩，就像每周末，我们公司附近地铁口的小广场上，那支三人的乐队，一定会出现那样。

第一次读到这句话时，我脑海里蹦出来的词，你多半不会想到。不是旅行，不是玩耍，不是游荡，也不是街拍。当然这个词，其实与摄影有关，因为它就是为人流、为这城市举起相机的那个人，他们有个共同的名字，叫摄影师。

对一个城市的道路最熟悉的人，是这里的出租车司机，而对一个城市中风景最熟悉的人，我想，应该是活跃于这座城市里的摄影师。司机师傅可能知道，从一个地方到另一个地方，怎么走会比较迅捷，甚至不需要导航。但是，忙碌于工作，穿行于车流的他们，自然不会有闲情，去关注路边那些小而美的风景。可摄影师不会，以摄影为兴趣爱好的他们，最大的乐趣，就是发现这城市里那些不被人关注的风景，并将它定格下来。

虽然街拍也是摄影，但它多半是为了拍摄而拍摄，不是有商业任务，就是有出片目的，自然不会有精力关注和发掘那些稍纵即逝的美丽。街拍而来的照片，虽然好看，可有时候却让人觉得呆板刻意，少了些随意灵性和生活气息。

说到摄影师，立马就想到这些年火遍微博的王义博。作为一个草根网红摄影达人，他的走红其实算是颇具传奇色彩的，我曾看过很多他拍的照片，也关注过他的微博，不得不说他拍的照片很有创意，也非常漂亮。

不过我跟他不熟，也没机会接触，唯一的关系可能也就是，他是那个拍照片的人，而我是那群看照片的人中的一员吧。所以，我自然也就不写他了，毕竟都没接触过，也没什么可说的。

我想说的，是一个苏州大学的学生，嗯，他2016年应该毕业了，至于从事什么工作，我没追问，不过他依然经常出照片就是了。和超红的王义博不同，他该是千千万万喜欢摄影，却名声不显的业余摄影师中的一员吧。

他叫孔炜，或者有些人会习惯叫他Mr Five。

和孔炜认识，是通过播客，那时他还没有开始玩摄影，是个和我一样在荔枝FM混迹的业余播音爱好者。他当时有档栏目，叫"绿皮火车"，说一些关于旅人，关于感情的故事，我到现在都挺喜欢的。

我们那时，常在微博上联系，也互换过企鹅号，刚开始时常聊些关于有声节目和播客的话题，不过后来他因为学业繁忙，播客没有继续做下去，我们之间也渐渐疏于联络。没想到再联系时，他已经摇身一变，成为一个摄影达人，周末时常做的事不再是录音，而是游走在城市的大街小巷，拍摄一些有意思的东西。起初，是路边的流浪猫，随意停放的自行车，再到一些苏州的园林建筑，然后到街道小巷，最后到人像写真。

老实说，作为一个拍照永远用手机，甚至连滤镜、构图、后期都不懂不会的人，让我去分析和欣赏那些照片，是不太可能的，作为一个普通的看图人，只知道好不好看而已。

但我记得一个人像摄影师说过的话，我觉得用来表述拍摄人像时的状态，最好不过了。

不要错过街头遇见的每个陌生面孔，试着去猜想，他们为什么来到这里，他们的人生会有什么故事，他们正在经历着什么样的悲喜……

对这个世界抱有孩童般的好奇心，总能有不一样的收获。

人生百态，众生之相，也莫过于其中，流浪漂泊的人，自然也不例外。

而今，和孔炜越发甚少联系，我在上海做着一名朝九晚六的上班族，他在他自己的生活里，过得越发精彩，拍人像写真，微电影，宣传片，甚至还去安徽电视台上了一次《百家姓》的节目。感觉彼此之间，就像是相交线，在人生的某一个时刻产生交集，而后越行越远，不再回头。

有时会想，人生里的际遇分别，其实和流浪的状态挺像的，某一刻遇见过，而后渐行渐远，甚至连某年某月某日某刻某人在你的生活里出现过，都会不记得。又像是摄影师游荡时，用镜头定格下的那些画面，不管是那棵树，那枚落叶，还是那张面孔，可能此后都不会再遇见，你从此处经过，偶然间发现了它们，然后将它们装进你的胶片或内存卡，而后继续前行。

年少时，许多人都有过誓言般的梦想，即不能停止流浪，但那时，我们多半不懂誓言，也不懂流浪，于是某一天，当你遇见一个人，一座城市，一块土地，一片岛屿，一湾海洋后，你遗忘了你曾说过的誓言，也不再到处漂泊流浪。

既然遇见了想要的生活，自然是要抓紧它，虽然它不一定是最好的，但，是你想要的。

心里有了一方属于自己的土地，有一个和你相伴的人，一个已经紧握在手里的梦想，谁还会想心甘情愿去流浪？

只愿有一天，你褪去身上所有的天真和假想，停留在一处自己喜欢的地方，过着自己想要的生活，从此不再到处流浪。